BIBLIOTHÈQUE DE LA JEUNESSE

LE CLAN DES TÊTES-CHAUDES

PAR ZÉNAÏDE FLEURIOT

BIBLIOTHÈQUE BLEUE

Agraives (J. d') et **Grancher** (M.-E.) : *Mirage d'Asie.*

Armagnac (Mlle d') : *La Carrière d'Alexis Iourouskine.*

Cervières (Paul) : *Terre d'exil.*
Ouvrage couronné par l'Académie française.

Colomb (Mme) : *L'Héritière de Vauclain.*

Daudet (Ernest) : *Robert Darnetal.*

Dourliac : *Méprises du Cœur.*

Fleuriot (Mlle Zénaïde) : *Raoul Daubry.* — *Mandarine.*

Garreau (L.) : *L'Héritière de la Benauge.*

Kérouan (Jean) : *La Fortune de Chienfou.*

Maël (Pierre) : *Poucette.*

Marcel-Denis et **Francelois** : *Permis de conduire.*

Nanteuil (Mme de) : *En Esclavage.* — *L'Epave mystérieuse.*

Renard (Mme Georges) : *La Montagne aux Neiges éternelles.*
Ouvrage couronné par l'Académie française.

Rousseau (Mlle) : *Le Médaillon antique.*

Toudouze (G. G.) : *Le Reboutou.*

Vincent (Dr Paul) : *Antoinette de Brivière.*

« LES GRANDES AVENTURES »

Jean d'Agraives .. .. .. L'AVIATEUR DE BONAPARTE
— .. .. .. LE CORSAIRE BORGNE
— .. .. .. LES AILES DE L'AIGLE
— .. .. .. LE SORCIER DE LA MER
— .. .. .. LE DERNIER PIRATE
George Marsh .. .. LES ENFANTS DE LA NEIGE
Ivan .. .. LE MYSTÈRE DE LA FORÊT
Jean Kérouan .. .. LES CHASSEURS DE COMÈTES

LE CLAN DES TÊTES CHAUDES

M. DU GALADOC S'ELANÇA VERS LA FENETRE ET LUT LA LETTRE

BIBLIOTHÈQUE DE LA JEUNESSE

LE CLAN DES TÊTES CHAUDES

par Zénaïde FLEURIOT

ILLUSTRATIONS DE MYRBACH

LIBRAIRIE HACHETTE
79, BOULEVARD SAINT-GERMAIN, PARIS

LE CLAN DES TÊTES CHAUDES

CHAPITRE PREMIER

LE JOUR DE L'OUVERTURE AU CLOS D'AHAULT

BOTTÉ jusqu'aux genoux, crotté jusqu'à l'échine, M. du Galadoc, sa journée de chasse finie, s'en allait à grandes enjambées vers sa demeure. Il n'était plus jeune; de longs fils blancs serpentaient dans la barbe négligée qui ondulait sur sa poitrine; des rides nettement dessinées s'entre-croisaient sur son visage maigre, à l'ovale allongé.

Il marchait à grands pas, la haute taille courbée en avant : ce qu'expliquait la lourdeur du carnier qui ballottait sur son dos. Tout en marchant, il sifflait des airs de chasse : ce qui faisait dresser les oreilles au beau chien couchant qui le suivait et qui paraissait plus fatigué que son maître. La boue noirâtre attachée aux poils fauves de son poitrail et de ses pattes prouvait qu'il ne s'était point ménagé et qu'il avait poursuivi le gibier aussi bien par eau que par guérets.

Il faisait à peu près nuit quand le chasseur pénétra dans le faubourg de la petite ville qu'il habitait.

Ce faubourg se composait d'une double ligne brisée de chaumières au toit de chaume verdoyant.

Il aboutissait à une rue étroite, escarpée et pavée de pierres pointues, bordée de maisons dont la plupart avaient leur pignon sur la rue.

Dans le faubourg, les portes des maisonnettes étaient ouvertes, et sur le seuil se groupaient les principaux membres de la famille ouvrière.

M. du Galadoc, en passant devant ces groupes, échangea des saluts, et répondit aux sourires par des gestes pleins de cordialité.

Dans la rue aux Pignons, la solitude se fit profonde. Les boutiques y étaient rares et les façades constellées de rideaux bien tirés sur des fenêtres bien closes, qui semblaient parfaitement insensibles aux coquetteries du soleil couchant.

En ces maisons logeaient des magistrats en retraite, des propriétaires, des armateurs, des marchands retirés du commerce, toutes sortes de gens qui se servent du soleil comme d'un luminaire indispensable, mais qui se moquent de son éclat radieux. D'ailleurs ses rayons ont la mauvaise réputation de brûler les rideaux et de faner les tapisseries : ce que n'admettent pas les personnes très soigneuses de la province, où tout s'exagère volontiers, même l'ordre.

Ce ne fut pas ce genre d'exagération que rencontra M. du Galadoc en pénétrant dans sa maison appelée le Clos d'Ahault. Située à l'extrémité de la rue, sur une sorte de promontoire rocheux, elle surplombait au-dessus d'une ravissante vallée.

La porte qu'il ouvrit, encastrée dans un mur à moitié écroulé, n'était guère plus solide que le mur lui-même, et, dans la cour triangulaire qui se déployait derrière l'habitation, régnait un complet désordre. Des outils de jardinage étaient jetés çà et là sur le sol, les feuilles de chou, des fanes de carottes se soulevaient sous le vent; M. du Galadoc écrasa sous ses lourds souliers un chapeau qu'il ne voyait pas, il dut sauter par-dessus des tas de cailloux dressés en pyramides pour arriver jusqu'à la loge de Castor, abritée par un perron aux marches disjointes.

Castor avait de la paille fraîche dans sa grande niche à fronton de pierre, son abreuvoir plein d'eau claire était un saladier écorné en vieux Rouen, qu'un connaisseur eût arraché avec indignation de cette place abjecte.

« Allons, repose-toi, mon vieux camarade, dit le chasseur, qui plongea sa main dans l'eau et la passa sur le museau brûlant de Castor; tu as encore bien mérité de la patrie et du clan des Têtes Chaudes aujourd'hui. Je ne te donnerais pas pour mille francs. »

Au grincement des gonds répondit, dans l'appartement où entrait M. du Galadoc, un cri si étrange qu'il s'arrêta court.

« Oh! papa, fermez la porte, dit une voix claire et perlée, fermez-la bien vite. »

Et une enfant d'une dizaine d'années se leva dans l'ombre. Comme sa tête atteignait juste à la hauteur de l'œil-de-bœuf, qui était le modeste auxiliaire de la porte vitrée dans l'éclairage de l'appartement, et que le soleil, délaissant dédaigneusement les maisons aux fenêtres revêches de la rue aux Pignons, lançait par cette vitre ovale ses derniers rayons d'un rouge orange, ils entourèrent d'un nimbe un visage rose et une chevelure blonde.

« Voilà! Bengale, voilà! dit M. du Galadoc en donnant un coup de talon à la porte, qui tressauta sur ses gonds rouillés. Tu soignes sans doute un chat, écorché par tes grands frères?

— Oh! papa, je garde le petit enfant.

— Quel petit enfant?

— Celui qui est arrivé à midi.

— Ventre-saint-gris! s'écria M. du Galadoc, qui jurait comme Henri IV quand une émotion violente le saisissait, qu'est-ce que tu dis là? »

Il avait fait trois grandes enjambées en parlant, et il se baissa sur une corbeille posée sur une table.

Bengale souleva un pan de mousseline, et le soleil couchant, qui décidément s'attachait à la vieille maison, enveloppa d'un rayon d'un blanc laiteux un petit paquet surmonté d'une tête ronde, toute petite.

« Fille ou garçon, Bengale? s'écria M. du Galadoc.

— C'est un garçon, papa. »

M. du Galadoc jeta son chapeau de feutre au plafond, et, le rattrapant fort adroitement afin qu'il ne retombât pas sur le poupon, il s'écria :

« Ce sera un chasseur, Bengale, ce sera un chasseur, puisqu'il m'arrive un jour d'ouverture. Où est le clan?

— Dans la galerie, papa. Ecoutez, on se bat. »

M. du Galadoc courut à une porte et se trouva face à face avec deux garçonnets qui luttaient corps à corps.

Il les sépara en distribuant deux gifles vigoureusement appliquées, et, jetant un coup d'œil sur trois autres personnages diversement occupés dans cet appartement qui avait été le vestibule de l'habitation, il dit du ton dont il parlait à Castor :

« Ici le clan, ici! »

Un grand blondin qui lisait dans un coin, un jeune homme brun qui faisait du filet, une jeune fille coiffée à la chinoise qui marchait brusquement, rejoignirent les deux lutteurs qui tâchaient de remettre un peu d'ordre dans leurs vêtements.

« Messieurs, dit M. du Galadoc en essayant de froncer le sourcil, ne savez-vous point que votre mère est plus malade? »

Les lutteurs baissèrent la tête.

« Personne ne faisait de bruit, papa, dit la jeune fille d'une voix hardie; mais Colomban et Corentin s'amusent toujours à lutter ensemble maintenant.

— Même quand leur mère peut en souffrir, dit M. du Galadoc d'une voix tonnante.

— Elle est beaucoup mieux, s'écria Corentin en se glissant derrière son père; M. le curé et M. le docteur l'ont dit à Charles et à Roland.

« Mon Dieu! papa, quelle belle chasse! »

A peine cette exclamation était-elle jetée que M. du Galadoc était, bon gré mal gré, dépouillé de son carnier. En un clin d'œil, perdreaux, lièvres, bécasses s'en échappèrent au profit du clan : grands et petits avaient pris leur part du butin.

« Rendez-moi mon gibier, s'écria M. du Galadoc, je vais le montrer à votre mère. »

La raison parut suffisante aux enfants, qui s'empressèrent d'obéir, et M. du Galadoc, prenant son carnier par les courroies, franchit l'escalier qui montait au premier étage, suivi à la sourdine par Corentin.

Comme il mettait le pied sur le palier, une femme sortit vivement d'un appartement, dont elle ferma doucement la porte.

« Qui est-ce qui vient là en faisant craquer si fort les marches? demanda-t-elle d'une voix rude. Ah! c'est vous, Monsieur! Il est bien temps, ma foi, que vous arriviez. On s'est tout de même passé de vous.

— Comment va ma femme, Michelle?

— Pas trop mal, sinon les défaillances.

— Elle a eu des défaillances?

— Et elle en a encore. Le docteur, qui la soigne pourtant depuis un an, trouve ça tout simple ; mais c'est un bon vivant qui a peur de nous mettre en inquiétude. Avez-vous vu notre beau garçon?

— Oui, dans un panier.

— Dame, Monsieur, il fallait bien s'occuper d'abord de la mère. Et puis il s'est trouvé que le berceau avait un pied de cassé. Si vous aviez été ici, vous l'auriez remplacé, mais vous étiez à vos amusements. Qu'est-ce qui sent si fort que cela? Si ce sont vos bottes, il faut vous déchausser avant d'entrer chez Madame. Elle en aurait une faiblesse.

— C'est mon gibier qui a cette odeur, je croyais lui faire plaisir en lui apportant mon carnier.

— Ah! les hommes, les hommes! dit Michelle toujours dans l'ombre. Donnez-moi ça, Monsieur, la place de ces bêtes est dans ma cuisine. Madame n'en a que faire.

— Un instant, je voudrais au moins lui porter des perdrix.

— J'en ai une, » dit une voix.

Et Corentin leva le bras. Sa main enserrait une jolie perdrix grise qu'il avait gardée dans l'intention de l'offrir à sa mère.

« C'est assez, dit Michelle. Corentin, ne restez pas longtemps dans la chambre de votre maman et ne vous cachez pas dans les coins, où j'irai vous en tirer par les deux oreilles. »

Cela dit, elle s'éclipsa dans l'ombre du corridor et M. du Galadoc entra dans l'appartement de sa femme et marcha sur la pointe des pieds jusqu'au lit, placé au fond de la vaste pièce et sur lequel une veilleuse jetait une pâle lueur.

Sur ce lit, la couverture blanche dessinait un corps long et mince, et sur l'oreiller s'appuyait une tête couverte d'épais cheveux blonds qui avaient sur les tempes des reflets gris. Ils encadraient un beau visage au front très noble, aux grands yeux, au nez droit, aux lèvres sculpturales.

M. du Galadoc, saisi par l'immobilité de ces beaux traits, se tourna brusquement vers un personnage assis au pied du lit.

« Docteur, dort-elle?

— Elle sommeille, mon cher ami.

— Vous n'avez aucune inquiétude?

— Aucune... jusqu'à présent. »

Comme il prononçait ces paroles consolantes, les paupières de Mme du Galadoc se soulevèrent.

« Avez-vous fait bonne chasse, César?

— Superbe, ma chère, et je vous apportais mon carnier bien rempli, quand Michelle a imaginé de dire que l'odeur du gibier vous incommoderait.

— Il m'aurait peut-être incommodée, mon ami.

M. DU GALADOC RECONDUISIT LE MÉDECIN

— Qu'en pensez-vous, docteur? » dit M. du Galadoc en s'adressant au personnage assis dans un fauteuil.

Le docteur, les mains croisées sur sa poitrine, tournait ses pouces en écoutant ce dialogue; il se leva et, se rapprochant du lit :

« Le gibier a une odeur exquise, dit-il avec un sourire de gourmand, et ce qui plaît aux gastronomes ne peut déplaire à la femme d'un Nemrod qui, comme son ancêtre, est un grand chasseur devant l'Eternel. Mais il me semble que tout le gibier n'a pas été confisqué par Michelle. C'est, ma foi, une bien belle perdrix qui vous est offerte, Madame. »

Son œil perçant avait vu Corentin se glisser dans la ruelle et placer devant les yeux de sa mère la superbe perdrix qu'il avait arrachée du carnier.

Les mains de Mme du Galadoc se levèrent; l'une d'elles caressa le plumage de l'oiseau, l'autre entoura le cou brun de Corentin.

« Madame, Madame, dit le docteur, pas de

secousses, pas d'émotion. Mon petit ami, donnez-moi cet oiseau, et allez jouer avec vos frères, auxquels vous recommanderez de ma part d'être un peu moins bruyants. »

Corentin n'eut garde d'exécuter la première partie de cet ordre; il ne livra point la perdrix au médecin, mais décampa en toute hâte.

« Je suis volé, voilà ma perdrix aux choux qui s'échappe, dit le docteur en riant.

— Mon cher, il me reste des perdreaux qui seront un rôti de roi, dit M. du Galadoc. Voulez-vous venir en goûter dimanche prochain? Mme du Galadoc vous en fera les honneurs.

— Dimanche... dans deux mois peut-être, dit le médecin qui avait mis ses lunettes pour mieux examiner la malade. Vos perdreaux seraient par trop faisandés.

— Vous allez tenir Mme du Galadoc deux mois sur ce lit? dit l'époux quasi avec colère.

— Ce n'est pas moi. S'il ne tenait qu'à moi, nous ferions honneur à votre gibier cette semaine. Mais un long repos s'impose et je n'ai pas à vous apprendre que la maladie, hélas chronique, de Mme du Galadoc n'a pas encore cédé aux remèdes. Vous voulez me parler, Madame? »

Il se pencha sur le lit et Mme du Galadoc balbutia quelques paroles.

« Vous êtes mille fois bonne, dit-il, et vous avez toujours encouragé mon péché mignon. Mais j'en prends Galadoc à témoin. Ne vais-je pas me faire arracher la barbe par Michelle, si je fais mine de lui prendre ses perdreaux?

— Quand je souffre, Michelle baiserait la trace de vos pas, docteur, murmura Mme du Galadoc.

— Je crois bien, j'ai été beaucoup mieux traité que M. le curé, qu'elle a en grande vénération pourtant, mais qu'elle aurait volontiers mis à la porte aujourd'hui. Elle prétendait que vous n'aviez nul besoin de vous confesser. Moi, je laisse faire mes malades. Ah! cette brave fille! Elle est venue me chercher à mon cercle et je n'ai pas eu la permission de prendre le temps de retirer mon enjeu. Elle m'avait saisi par le bras, et, lorsqu'elle est agitée, qu'elle a sa coiffe relevée sur son chignon, il ne fait pas bon lui résister. »

Il prit la main de Mme du Galadoc et ajouta en se tournant vers son mari :

« Pas de bruit, n'est-ce pas? pas d'enfants bruyants. Je reviendrai demain de très bonne heure. Bonne nuit, Madame. »

Il s'en alla vers la porte, suivi par M. du Galadoc, qui marchait sur la pointe des pieds.

« Avez-vous une garde? demanda-t-il à voix basse.

— Je ne sais, j'étais à la chasse; mais Michelle aura pensé à tout.

— Vous croyez? Il faut la veiller cette nuit.

— Je m'en charge, mon cher docteur.

— Vous?

— Moi; je l'ai toujours fait.

— Mais n'aurez-vous point une terrible envie de dormir après une pareille journée?

— J'attendrai à demain. »

Ils échangèrent une poignée de main, et la porte se referma derrière le docteur. Il s'orienta dans le corridor sombre et descendit à tâtons un escalier de service qui aboutissait à la cuisine.

CHAPITRE II

LA VEILLEE

La cuisine était une vaste pièce, ornée d'une cheminée dont le manteau de pierre faisait une telle saillie dans la muraille que des bahuts avaient pu être placés dans les angles profonds. Une marmite pendait à la crémaillère, et Michelle, debout, une cuiller à la main, semblait prêter l'oreille à ses bouillonnements.

Michelle avait été englobée dans le clan et n'était point un personnage vulgaire. Son cotillon, relevé et attaché par des épingles sur ses hanches, permettait à ses jambes fines de se mouvoir en toute liberté, sa coiffe de tulle ombrait un profil qui n'était pas sans quelque ressemblance avec les visages allongés et pieux que l'on voit dans les vieilles estampes.

« Ah! c'est vous, Monsieur le docteur, dit-elle du fond de son gouffre noir, plein de fumée. Comment trouvez-vous Madame? »

Et, accrochant à un clou la cuiller qu'elle tenait à la main, elle vira sur ses talons et l'expression ardente et inquiète de ses yeux gris compléta l'interrogation.

« Aussi bien que possible, ma chère Michelle. Faites-lui de bon consommé pour demain, sa faiblesse est grande et il n'y a pas à s'en étonner. Voilà un an qu'elle traîne.

— Je ne l'ai jamais vue aussi faible, Monsieur le docteur, ni aussi blanche. J'aurais voulu ne pas la quitter d'aujourd'hui; mais il m'a fallu courir après la nourrice.

— Est-elle trouvée?

— Oui, et gagée. J'ai mis la main sur la femme du casseur de pierres qui n'a pas son content tous les jours. Elle et son enfant se trouveront mieux d'une bonne cuisine.

— Sans doute. Et maintenant, où sont mes perdreaux?

— Vos perdreaux, Monsieur?

— Eh, oui! votre maître me fait cadeau de deux perdreaux. Ils ne pourront attendre le repas du baptême, qui ne pressera point, puisque M. le curé a ondoyé l'enfant. »

Michelle devint rouge d'indignation.

« Monsieur le docteur, dit-elle, vous n'allez point nous emporter nos deux perdreaux, les seuls qui puissent convenir à la nourriture de Madame ces jours-ci.

— Je croyais que Galadoc avait son carnier plein.

— Pas de perdreaux, Monsieur; les perdreaux sont très rares maintenant. »

Elle passa sur son front, où perlait la sueur, le coin du torchon bien blanc noué à sa fine ceinture, et reprit :

« Je vous donnerai de bon cœur deux perdrix, si vous me promettez d'être ici demain, au chant du coq, pour nous rassurer sur Madame.

— J'accepte, » dit le docteur, qui riait dans sa barbe.

« Monsieur le docteur, remettez vite sur pied notre dame, car, quand elle n'est pas là, rien ne va dans la maison.

— Soyez tranquille, je viendrai demain matin vous donner de bonnes nouvelles, dit le docteur.

— A demain, Monsieur le docteur, dit Michelle; au chant du coq, ne l'oubliez pas. »

Et, s'emparant de la soupière, elle la porta sur la table de la salle à manger.

« Est-ce que papa ne soupera pas avec nous? demanda Agathe.

— C'est vrai, le pauvre Monsieur! Il n'a rien pris depuis son retour de la chasse, dit Michelle. Monsieur Charles, allez donc voir s'il peut venir manger un morceau. »

Charles, que son père avait baptisé Charlemagne, disparut et revint avec son père, qui venait souper en toute hâte, Mme du Galadoc s'étant endormie.

« Est-ce que l'odeur de vos grosses bottes n'incommode pas Madame? demanda Michelle, quand la soupière revint vide entre ses mains.

— Je ne crois pas; du moins elle ne m'en a rien dit. Dans tous les cas, je vais les échanger contre mes pantoufles, puisque je veille cette nuit.

— Vous veillerez, vous, Monsieur? dit Michelle avec un hochement de tête.

— Oui, moi.

— Nenni, nenni, ce sera moi.

— Même si ta maîtresse s'y oppose?

— Comment, Madame?...

— Madame m'a dit : « Surtout que Michelle n'imagine pas de rester veiller. Elle « est sur pied depuis quatre heures et elle « a passé la journée sans manger; ordonnez-« lui d'aller prendre du repos. »

— Voilà bien Madame, dit Michelle en portant son tablier à ses yeux. Vous croyez qu'elle est en léthargie, elle pense à tout.

— A tout. Elle s'inquiète beaucoup de la nourrice en ce moment. Mais je voudrais bien ôter mes bottes. Où diable est Bengale? Elle aurait déjà songé à m'apporter mes pantoufles.

— Bengale ne quitte pas le petit frère, dit Roland, le second fils, que son père appelait le Furieux, et qui était d'un caractère rageur.

— Et Agathe aussi, je l'espère, dit M. du Galadoc en jetant un coup d'œil à sa fille aînée, qui attaquait le ragoût appporté par Michelle.

— Moi, je n'aime plus les poupées, répondit-elle la bouche pleine, et surtout les poupées qui crient.

— Mauvais cœur, va! dit Corentin.

— Et tu ne sais pas non plus t'occuper de ton père, grogna M. du Galadoc. Tu n'as pas eu l'attention de m'apporter mes pantoufles et tu ne songes pas non plus à faire dîner ta sœur. »

Agathe se leva brusquement, sortit du salon, revint presque aussitôt, et jeta aux pieds de son père deux chaussons de Strasbourg garnis de cuir jaune.

« Voilà vos pantoufles, papa; mais je ne m'occuperai pas de faire dîner Bengale, puisqu'elle ne m'obéit jamais.

— Faut-il t'obéir, maintenant? demanda hargneusement Colomban.

— Paix! dit le père; pas de disputes ce soir, le docteur les a défendues. »

Sur cette observation, on se mit à manger en silence, jusqu'au moment où Michelle se présenta avec un autre plat et demanda qui remplacerait Mlle Yseult auprès du berceau.

« Moi, cria tout le clan, moins Agathe.

— Monsieur Charles, vous êtes le plus raisonnable, dit Michelle; allez, s'il vous plaît, chercher votre sœur.

— Mais pourquoi n'amène-t-on pas ici ce nouveau venu dans le clan? demanda M. du Galadoc; un peu de musique ne troublerait pas notre appétit.

— Parce que ses cris émotionnent Madame, répondit Michelle, et que d'ici on l'entendrait crier. Je ne l'ai jamais vue comme ça; mais dame, un quatorzième, Monsieur!

— Il est fort quand même, Michelle; il m'a paru gros et gras. Donne-moi le tafia, nous allons boire à sa santé.

— Il a toujours une bonne voix, Monsieur; c'est pourquoi il a fallu l'envoyer dans la chambre du perron, dit Michelle, qui était allée ouvrir une armoire pleine de flacons. Demain la nourrice le mettra à la raison. Mademoiselle, est-il toujours bien sage, votre filleul ? »

C'était à Bengale que s'adressait cette question et Bengale répondit avec son joli sourire:

« Il est très sage. Oh! papa, ajouta-t-elle, comme je suis heureuse d'avoir un filleul, car il sera mon filleul, n'est-ce pas?

— Oui, c'est promis, ma fille, et il s'appellera Goulven comme mon bisaïeul, qui était un fameux homme.

— Il vous donnera du tintouin, Mademoiselle, dit Michelle du fond de sa cuisine, où elle était allée chercher du ragoût chaud.

— Vous croyez, Michelle? » dit Bengale. Et elle reprit :

« Papa, pourquoi gardez-vous ces vilaines bottes mouillées? Vous vous enrhumerez.

— Tiens, c'est vrai, Agathe a apporté mes pantoufles. »

Il fit faire un quart de conversion à sa lourde chaise et échangea, séance tenante, ses grosses bottes contre les chaussons garnis de cuir jaune.

Le dessert, composé de fruits, avait été placé sur la table et Michelle avait disparu.

Pendant que Bengale soupait à son tour, M. du Galadoc fumait sa pipe et buvait à petits coups son tafia, après avoir porté la santé de la mère et de l'enfant. Les enfants avaient trinqué avec leur père et avaient engagé une conversation animée. Bengale, pressée de retourner à son poste, avait versé sa part de liqueur dans le verre de Roland qui buvait sec, et avait donné à Corentin sa grappe de raisin.

Des bougies s'allumèrent.

Des jeux de cartes et un loto remplacèrent les plats sur la table.

M. du Galadoc fuma un nombre indéterminé de pipes, but quelques petits verres, toujours à la santé de Goulven, puis s'en alla changer d'accoutrement. Il remplaça son costume de velours par un vêtement plus chaud.

Quand il revint dans la salle à manger, Agathe et Charles jouaient encore à l'écarté,

« Au lit! au lit! s'écria M. du Galadoc en bâillant. Vous me donnez tous envie de dormir et vous savez que je veille votre mère.

— Pouvons-nous finir notre partie, papa? demanda Charles.

— Ah! certainement. Voyons, quelle heure est-il? »

Il déposa sa pipe sur la cheminée et rentra dans la chambre de sa femme.

De toutes les pendules et horloges dispersées dans la vaste maison, une seule échappait aux doigts des enfants, une seule mesurait exactement la marche du temps; c'était un rocher de bronze, surmonté d'une lyre d'or : un souvenir de famille pour lequel Mme du Galadoc avait imposé un certain respect.

M. du Galadoc commença par jeter un coup d'œil vers le cadran encastré dans le rocher; puis il regarda vers le lit.

Michelle était assise auprès, elle lui fit signe d'approcher.

« Madame s'étonne que les enfants ne soient pas venus l'embrasser, dit-elle; sont-ils couchés, monsieur? »

M. du Galadoc se pencha vers sa femme.

« Hermine, c'est moi qui ai défendu l'entrée de votre chambre aux enfants, dit-il, le docteur l'a exigé. Désirez-vous qu'ils viennent vous souhaiter le bonsoir?

— Oui, mon ami, tous.

— Même le Benjamin?

— Oui.

— Vous entendez, Michelle, dit M. du Galadoc, allez chercher le clan. »

Michelle disparut. Bientôt des pas sourds se firent entendre et, par la porte qu'elle tenait ouverte, passèrent à la file tous les enfants, qu'elle avait engagés à se déchausser.

Ce fut Bengale qui parut la dernière, portant dans ses bras le petit paquet, qui était le dernier-né. Ils entourèrent le lit, et la mère, se soulevant avec effort, mit un baiser sur chacun de ces fronts. Le dernier effleura le front rouge du petit Goulven. Puis elle étendit en cercle ses deux bras et enserra tous les enfants par un mouvement de tendresse passionnée.

« Madame, Madame, attendez à demain, dit Michelle ; si vous vous *émouvez*, le docteur grondera. »

Les bras de la mère de famille s'étaient détendus, les enfants reprirent le chemin de la porte, suivis par son regard alangui, chargé d'amour.

Ils fermèrent la porte doucement.

« Michelle, suivez les enfants, dit Mme du Galadoc d'une voix faible, mais qui avait repris le ton du commandement, puis allez vous coucher. Depuis le temps que je garde la chambre, je suis faite aux insomnies. Il y a un an, lorsque cette étrange maladie de langueur a commencé, vous avez voulu veiller huit nuits durant et vous avez failli tomber malade. A qui confierais-je le soin de mes enfants ? Vous m'êtes bien nécessaire, ma bonne fille, voilà un an que vous conduisez la maison. Vous êtes fatiguée, reposez-vous.

— Madame, j'obéirai, dit Michelle avec regret ; pourtant Monsieur est un si drôle de garde-malade.

— J'espère dormir et n'avoir besoin de personne.

— Voilà la meilleure raison, Madame.

— Vous vous occuperez des enfants, Michelle, reprit Mme du Galadoc, des grands comme des petits.

— Je n'y manquerai point, Madame, et je vais porter auprès de mon lit la corbeille où nous avons logé le petit Goulven, en attendant le berceau. Mais je vous fatigue, je m'en vais. Bonne nuit, Madame, à demain. »

Un sourire lui répondit.

Michelle montra à M. du Galadoc, pour la dixième fois, la manière de verser la tisane sans déranger la veilleuse et s'arracha avec peine de cette chambre.

En sortant, elle fit une ronde générale dans la maison et enleva le petit Goulven, endormi dans sa corbeille, aux côtés du lit de Bengale. Elle le porta dans la mansarde où elle couchait, prépara une veilleuse, du lait coupé d'eau, et descendit sur ses bas, dans l'intention de donner une dernière leçon à M. du Galadoc. Devant la porte de la chambre, elle s'arrêta.

Elle allait, elle venait dans ce corridor, se baissant pour prêter l'oreille, essayant de regarder par le trou de la serrure, posant la main sur le loquet, agitée, nerveuse, inquiète.

Tout à coup elle crut entendre le bruit d'un pas et elle se sauva en disant :

M. DU GALADOC DORMAIT SUR LE LIT DE CAMP

« Il ne dort point, me voilà rassurée. »

Elle se trompait, M. du Galadoc dormait, les poings fermés, sur le petit lit de camp préparé pour la garde.

Il avait fait bonne contenance pendant une heure ; puis il avait été attiré vers cette couchette, il s'était assis dessus et, harassé de fatigue par dix heures de chasse, il était tombé endormi et il chassait en rêve, et c'était le bruit de son doigt armant son fusil, c'est-à-dire frappant le fer de la couchette, que Michelle avait pris pour le bruit de son talon sur le parquet.

Et, tandis qu'il se livrait ainsi en rêve à son exercice favori, tandis que Michelle s'endormait d'un sommeil fiévreux et se réveillait en sursaut, au son de cloches imaginaires, tandis que les enfants, grands et petits, s'abandonnaient au repos, l'âme de la mère de famille se détachait doucement, sans déchirement, sans secousse, de son corps épuisé et s'en allait vers le Père qui est aux cieux.

CHAPITRE III

LA DOULEUR DU CLAN

Quel réveil ! Les hurlements lamentables de Castor avaient, au petit jour, troublé le sommeil fiévreux de Michelle. En un clin d'œil elle fut debout et dans un costume un peu sommaire elle descendit.

A la porte de la chambre de sa maîtresse, elle écouta.

Une respiration régulière, mêlée de ronflements sonores, se faisait seule entendre.

« Il s'est endormi, je l'avais prédit, murmura-t-elle. Madame dort aussi sans doute ; je n'ai pas entendu le timbre. Ce vilain chien va l'éveiller. »

Elle entr'ouvrit la porte. La veilleuse était éteinte et l'appartement n'était éclairé que par un rayon de jour naissant qui filtrait par une imposte sans rideaux.

Michelle entra. M. du Galadoc dormait tout habillé sur le lit de camp, Mme du Galadoc ne donnait aucun signe de vie derrière ses rideaux.

Michelle ferma la porte, enchantée que l'aboiement plaintif du chien ne fût pas parvenu jusqu'aux dormeurs.

Elle commença par rallumer la veilleuse.

« Il ne lui a pas donné une seule fois à boire, grommela-t-elle, la casserole est pleine. Voilà bien les hommes. Je suis sûre qu'il a plutôt gêné Madame avec ses ronflements. Son chien et lui s'entendent pour empêcher les gens de dormir. »

Elle alla vers la fenêtre et fit doucement glisser les grands rideaux sur leurs tringles.

Une clarté rose envahit la chambre et plongea jusqu'au grand lit à baldaquin.

Michelle se détourna. Ses yeux cherchèrent le visage de sa maîtresse et elle jeta un cri, un cri tellement perçant, que M. du Galadoc sursauta sur sa couchette et ouvrit brusquement les yeux.

Il vit Michelle à genoux, sanglotant à fendre l'âme ; il s'élança vers le lit et ses yeux tombèrent sur un visage d'ivoire, d'où la vie et la pensée étaient depuis longtemps absentes. Se raidissant contre sa propre épouvante, il appela, d'une voix tonnante, celle, hélas ! qui ne l'entendait plus.

« Hermine, ma chère Hermine, réveillez-vous. Voulez-vous de la tisane ? »

Les sanglots violents de Michelle lui répondirent.

Ses yeux se dilatèrent, sa barbe et ses cheveux semblèrent se hérisser, il saisit la main qui pendait sur le drap du lit, et à ce contact glacé, la vérité, l'épouvantable vérité traversa son cerveau. Il chancela comme un homme ivre, et tomba de son haut sur le plancher.

Le bruit sourd que produisit la chute de ce corps pesant amena Charles et Agathe dans la chambre ; et bientôt la maison ne fut plus qu'un sanglot, qu'un gémissement continu.

Cette mort soudaine, imprévue, terrassa les plus indifférents.

Agathe, qui préférait ouvertement son père à sa mère, s'arrachait les cheveux et se meurtrissait les bras ; les plus jeunes pleuraient à perdre haleine, et Goulven lui-même joignit, de sa corbeille, une note aiguë et douloureuse aux lamentations générales.

Ces cris eurent pour résultat d'arracher momentanément Bengale et Michelle à leur désespoir.

Bengale, qui, agenouillée près du lit, couvrait de larmes et de baisers la main de sa chère maman, se redressa en entendant crier Goulven ; Michelle sortit de son état léthargique.

« Bengale, dit-elle, pauvre Bengale, il faut aller vous occuper du petit ; ce n'est pas une raison parce qu'il a perdu une si bonne mère pour qu'on le laisse périr à son tour.

« La nourrice arrive ce matin, et Madame !!! Emportez la veilleuse, chauffez du lait ailleurs. Ce sont des cierges bénits qu'il faut ici.

« Mademoiselle Agathe, Monsieur Charles, prenez pitié de votre pauvre père que je vois là *agonir* sur le plancher. Il y a de l'eau fraîche dans le cabinet de toilette. Un homme si robuste, tomber en faiblesse ! Mais aussi quelle perte, mon Dieu ! quelle perte ! »

Malgré les recommandations de Michelle, la maison demeura pendant plusieurs heures dans un inexprimable désordre. Quand M. du Galadoc sortit de son évanouissement, ce fut au tour d'Agathe à tomber en des crises de nerfs.

En tous, d'ailleurs, la stupeur de cet affreux instant où la certitude d'un irréparable malheur pénètre comme une lame à double tranchant dans le cerveau et dans le cœur, obscurcissait encore la raison, et les lamentations désespérées couvraient tous les bruits du dehors.

Le son d'un objet métallique tombant sur les tuiles du vestibule arriva cependant aux oreilles de Michelle, qui allumait son feu d'une main tremblante.

Elle prêta l'oreille

« C'est bien fait, disait une voix bourrue, voilà la sonnette par terre. Mais aussi on n'est pas sourd comme une enclume, lorsqu'on fait lever les gens à cinq heures du matin. »

Michelle s'élança, dégringola l'escalier, ouvrit la porte, empoigna le docteur par les pans flottants de son cache-nez et l'entraîna après elle.

Les larmes séchaient au bord de ses paupières rougies ; elle avait enfin quelqu'un sur qui faire tomber une douleur qui ne s'adoucissait qu'en se transformant en rage.

« Diablesse de Michelle ! Doucement... je n'arrive donc pas assez tôt ?... Quel jarret ! et quel poignet !... On a encore la coiffe et l'esprit de travers ce matin... Pourquoi diable ne m'avez-vous pas ouvert plus tôt ?... sentais, je la redoutais. C'est la soudaineté de l'accident qui m'étonne, plutôt que l'accident lui-même. »

M. du Galadoc releva la tête.

« C'est donc bien fini ? demanda-t-il d'une voix rauque ; vous ne pouvez pas la réveiller ?

— Hélas ! je le voudrais de tout mon cœur ; mais elle s'est endormie du grand sommeil qui nous attend tous. »

La tête de M. du Galadoc retomba sur sa poitrine et le docteur ne put rien en tirer.

Il retourna vers Michelle.

« Ce pauvre Galadoc a perdu la tête, dit-

M. DU GALADOC S'ABATTIT DE SON HAUT SUR LE PLANCHER

« Laissez-moi respirer, que diable ! Ces enfants ! ces pleurs ! Morte ? impossible ! »

Michelle l'avait traîné jusqu'auprès du lit de sa maîtresse.

Là elle lâcha le bras du médecin, qui paraissait confondu.

Il hocha la tête et demanda :

« Où est ce pauvre Galadoc ?

— Derrière vous, Monsieur, » dit Michelle, qui s'était mise à genoux, se sentant soulagée.

M. du Galadoc était assis dans le vieux fauteuil ; ses longs bras se croisaient sur ses genoux et son front s'appuyait sur ses bras.

« Mon pauvre ami, dit le docteur en posant la main sur son épaule, je n'ai pas voulu vous inquiéter hier soir ; mais je savais que quelque chose d'anormal se passait. Hélas, c'est l'embolie qu'il faut accuser. Je la pres-

il ; il faudrait cependant songer aux formalités, faire prévenir la famille. »

Michelle se signa sans répondre et sortit de la chambre avec lui.

« Où sont les aînés ? reprit-il ; ils devraient remplacer leur père, qui paraît incapable de s'occuper d'affaires.

— Ceux que vous appelez les aînés, Monsieur le docteur, sont les plus ignorants. La grande Agathe pleure, se mouche, fouille et refouille les armoires pour chercher des affaires de deuil ; M. Roland court comme un fou dans le jardin ; M. Charles se verse des petits verres de tafia et cogne sur tous les meubles, c'est tout de même un bon cœur ; Colomban et Corentin sont couchés dans l'escalier. Voici la plus raisonnable de la famille. »

Elle ouvrit une porte et le docteur aperçut,

devant un bureau vermoulu chargé de paperasses, Yseult, les épaules couvertes de ses cheveux blonds, deux ruisseaux de larmes sur ses joues roses, écrivant sur une feuille de papier.

« Ma chère enfant, dit le docteur en s'avançant vers elle, c'est à votre sœur aînée à faire cela, il me semble. A qui écrivez-vous?

— A ma marraine, Monsieur, à la cousine de maman. »

Et les ruisseaux se gonflèrent et inondèrent le bureau.

« Chère petite, c'est très bien à vous d'être si courageuse ; mais je crois que vous pouvez laisser ce soin à votre oncle Maurice. Je vais le faire prévenir. Allez-vous-en. Cet appartement est glacial et vous êtes à demi vêtue. Et puis, et puis, vous avez à consoler votre père, qui est bien accablé. Il faut le faire sortir de cette chambre. Voulez-vous vous en charger?

— Oui, Monsieur, dit l'enfant en se levant.

— Vous l'amènerez dans la salle à manger, où j'ai allumé du feu, Bengale, dit Michelle, et l'on tâchera de lui faire avaler du café. Les nuits et les matinées sont si fraîches. Mais on cogne à la porte en bas, comme s'il n'y avait pas de sonnette.

— Vous oubliez que je l'ai cassée, Michelle, » dit le docteur.

Michelle porta la main à son front.

« J'ai la tête ouverte, dit-elle, et pas plus de mémoire qu'un lièvre, depuis... »

Le docteur suivit Michelle, qui gagnait l'escalier.

« Avez-vous perdu la tête, Vincente, de frapper comme ça à la porte d'une maison où la mort vient d'entrer? »

Celle qui recevait cette algarade était une petite femme assez laide, boîteuse, vêtue à la mode du pays avec un brin d'élégance citadine. C'était la lingère qui passait bien des jours chez Mme du Galadoc, où l'ouvrage de couture ne manquait pas.

« Qui donc est mort? » demanda-t-elle non sans épouvante.

Un sanglot monta à la gorge de Michelle et elle fit signe au docteur de répondre pour elle.

« Hélas! ma bonne fille, c'est Mme du Galadoc, » dit le médecin, qui n'était pas complètement remis de sa douloureuse surprise.

Une stupeur bien naturelle se peignit sur le visage couperosé de l'ouvrière; elle tira son mouchoir de sa poche, bien que ses yeux restassent parfaitement secs.

Le docteur profita de ce moment d'arrêt pour s'esquiver, après avoir dit à Michelle, en proie à une crise de douleur :

« Envoyez-la chez les plus proches parents, je me charge du reste.

— Madame! répéta l'ouvrière en passant son mouchoir sur ses yeux secs... En voilà encore une qu'il tue, ajouta-t-elle en jetant un regard acéré vers le médecin qui traversait la cour.

— Pouvez-vous dire ça, Vincente? soupira Michelle; il a toujours bien soigné ma pauvre maîtresse, et on ne meurt que quand le bon Dieu appelle... Mais qu'est-ce que nous disons là? J'ai bien autre chose à faire qu'à bavarder, et vous aussi. Vous ne vous assoirez pas aujourd'hui dans la lingerie, ma pauvre fille. Avant même de prendre un morceau, courez à la Villa-Maurice chez M. le Premier, puis vous irez chez la vieille dame de la Bulle pour elle et la sœur de Madame... C'est justement quand on ne s'est pas arrangé ensemble pendant la vie qu'il faut venir se réconcilier. La mort est une bonne *conseilleuse*. D'ailleurs Madame, qui était une sainte, voulait qu'on honorât sa sœur dans la maison, et que personne ne parlât de son chien de caractère.

— Mlle Elodie y mettait du sien, Michelle.

— Vous déraisonnez. Allez à vos commissions, bonne pièce. »

Vincente tourna le dos et se préparait à sortir de la cour quand Michelle lui cria :

« Par par là. Chez M. Boisglesquen, Vincente ; on vous a dit d'aller d'abord chez lui, vous n'en prenez pas le chemin. »

Vincente fit volte-face et remonta la cour sans se presser.

Michelle ferma brusquement la porte en murmurant :

« Cette campine n'a pas trouvé une larme dans ses méchants yeux pour ma pauvre maîtresse, elle n'aime que l'autre. Elle n'arrivera que trop tôt ici, Mlle Hurluberlu. Comme je vas secouer Monsieur. Si Mlle Elodie le trouve accablé comme cela, il n'y aura plus qu'elle à commander ici. »

CHAPITRE IV

MADEMOISELLE HURLUBERLU

La messagère avait, sur l'indication de Michelle, remonté la cour, mais en marchant de biais, de manière à ne pas perdre des yeux la porte entre-bâillée. Quand celle-ci se ferma, elle fit rapidement volte-face et redescendit la cour à grandes enjambées. Parvenue à la grille, elle traversa rapidement une petite place plantée d'ormes et prit un sentier qui descendait en serpentant jusqu'au fond du vallon.

Un pont de pierre, jeté sur le ruisseau limpide qui gazouillait au fond, reliait ses deux rives escarpées, qui étaient, de ce côté, le pittoresque prolongement de la ville.

Au delà du pont, Vincente dut ralentir sa marche, car cette fois le sentier montait.

Arrivée quasi au faîte de la colline, devant un cottage perdu dans le feuillage de beaux acacias, Vincente s'arrêta et essuya la sueur qui coulait de son front, à grosses gouttes.

« Mlle Elodie ne pourra pas dire qu'elle n'a pas été la première avertie, » murmura-t-elle en s'appuyant sur la barrière pour reprendre haleine. »

Comme elle laissait échapper ces paroles, partit du clocher de l'église voisine un tintement argentin; la porte du cottage s'ouvrit et dans l'allée sablée s'avancèrent deux dames, l'une suivant l'autre.

Celle qui marchait la première était petite et voûtée; son chapeau de dentelle noire encadrait un visage pâle, ridé et sérieux. Elle hâtait le pas et mit bien vite une certaine distance entre elle et sa compagne, une femme beaucoup plus jeune, qui marchait lourdement, qui avait des cheveux d'un blond terne, relevés à la chinoise autour d'un front bombé couvert de rousseurs. Elle se gantait en marchant et sa physionomie exprimait un parfait ennui. Cette femme de quarante ans à peine avait l'air maussade et pleurnicheur d'un enfant auquel on refuse le joujou qui l'amuse. A la petite barrière encombrée de troènes, elle tourna vivement la tête, s'entendant appeler.

« Vous! à cette heure, dit-elle en s'adressant à Vincente qui semblait sortir d'une touffe de feuillage, et dans cet état!

— Oh! Mademoiselle Elodie, j'ai bien couru, c'est vrai. C'est à vous de savoir la première un si grand malheur? »

— Quel malheur! »

La voix de Mlle Elodie avait pris des intonations agacées.

« Elle est morte, Mademoiselle, elle est morte. »

— Qui? Mais parlez donc.

— Mme du Galadoc. »

Elodie devint très jaune, de blême qu'elle était, et s'appuya contre la barrière pour ne pas tomber; mais ses yeux restèrent secs.

« Hermine! murmura-t-elle, ce n'est pas possible.

— Mademoiselle, personne ne voudra le croire. Le docteur Chaudeleau lui-même en a été stupéfait.

— Un imbécile, Vincente, un ramolli que ce médecin. J'avais conseillé à Hermine de le changer; mais la pauvre femme, parce que j'étais plus jeune qu'elle et seulement sa demi-sœur, n'a jamais tenu compte de mes avis.

« Elle est morte! »

Elle demeura quelque temps les yeux fixés sur le sol et de ses yeux noirs et ronds il sembla sortir des flammes.

« Comment va mon beau-frère? reprit-elle soudain.

— Il ne va pas du tout, il est comme frappé ici. »

Et Vincente toucha son front plat.

« Et les enfants?

— Gémissent et crient; on dirait des possédés.

— César... M. du Galadoc me fait-il demander?

— Mademoiselle, je ne sais rien que par cette écervelée de Michelle, à laquelle Madame donnait tant de pied dans la maison. Elle pleure tout son content. Elle peut bien pleurer, son beau temps est fini. »

Un hochement de tête significatif fut la réponse approbative d'Elodie. Elle s'élança sur les pas de la dame âgée, qui s'était détournée pour l'attendre.

« Ma tante, dit-elle tout essouflée en portant son mouchoir à ses yeux, l'ouvrière m'annonce une terrible nouvelle. Hermine est morte. »

La vieille dame chancela sur ses jambes.

« Et tout allait bien hier! s'exclama-t-elle.

— Oui; mais elle persistait à se faire soigner par ce vieux docteur Chaudeleau, qui est un âne.

— Non, un très bon médecin, Elodie, et un excellent ami. Il n'était pas sans inquiétude. Hermine traînait depuis longtemps. Ce pauvre Galadoc doit être au désespoir.

— Mon beau-frère est un homme très énergique, ma tante. »

La vieille dame regarda sa compagne et haussa les épaules.

« Elodie, le chagrin te fait perdre le bon sens, toute l'énergie du ménage était concentrée en cette pauvre Hermine. Songe donc!

quatorze enfants, dont sept vivants. Voilà bien des malheureux. Viens-tu à la messe?

— Ma tante, je crois qu'il faut m'en dispenser. César me demande à grands cris et les enfants aussi. Je cours les rejoindre. Faut-il vous envoyer votre femme de chambre à l'église?

— Non, il fait très doux, je m'en irai très bien seule. Reviendras-tu ce soir?

— Si je le puis; mais il paraît que ma chambre est déjà prête et qu'on espère me garder au moins quelques jours.

— Dans ce cas il faut te dévouer, je te laisse bien libre. Dis à ce bon César que je prends une grande part à sa peine. Va, je ne te retiens pas. »

Et la vieille dame s'en alla seule vers l'église, en monologuant.

Mlle Elodie retourna vers Vincente.

« Attendez-moi ici, dit-elle, me voilà délivrée de cette messe à laquelle ma tante me traîne tous les jours. Je vais chercher ce qu'il me faut pour la nuit, car je compte bien prendre un congé. Elle est assommante, ma tante, c'est un couvent que sa maison.

— Je puis aller prendre ce qu'il vous faut, Mademoiselle.

— Gardez-vous-en bien, les domestiques ne vous supportent pas, ils prétendent que vous êtes une mauvaise langue, et, si je ne prenais votre parti, il y a longtemps qu'on vous aurait remerciée.

— Mademoiselle, je n'en aurais guère de chagrin, dit Vincente d'un ton piqué. Le jour où j'aurai assez d'autres pratiques, je serai la première à remercier Mme de Gourbin. J'aimerais autant travailler chez les Carmélites que chez elle. »

La dernière partie de son discours fut perdue pour Mlle Elodie, qui s'en allait à pas comptés vers le cottage.

Elle reparut bientôt, suivie par une vénérable vieille qui portait une petite valise à la main. A la barrière, elle s'en dessaisit sur un signe d'Elodie, qui avait pris une figure de circonstance et à laquelle la douleur ne permettait plus de parler que par signes.

« ELLE EST MORTE, MADEMOISELLE, ELLE EST MORTE », S'ÉCRIA VINCENTE

« Adieu, Mademoiselle, dit la vieille femme de chambre, je pense que Madame enverra prendre des nouvelles tantôt. Madame est si sensible aux malheurs de sa famille. Si je puis vous le demander, dites un petit mot de consolation pour moi à Michelle. Elle aimait bien sa maîtresse, la pauvre fille! et ce n'est pas d'hier que l'inquiétude lui est venue. D'ailleurs tout ce qui touche les maîtres doit toucher ceux qui les servent avec amitié et Michelle est bien dévouée à la famille du Galadoc.

— C'est tout naturel, Joséphine! dit Elodie retrouvant enfin la parole; il n'y a pas grand mérite à cela. Marchez devant moi, Vincente. Il y a des sentiers qui se croisent et je veux arriver le plus tôt possible. »

« COMMENT DÉJA ? DIT ÉLODIE AVEC HAUTEUR. EST-CE QU'ON N'AURAIT PAS DU ME PRÉVENIR QUAND L'ÉTAT DE MA SŒUR A EMPIRÉ? »

Elles se mirent en marche, suivies par le regard de la vénérable Joséphine qui essuyait ses yeux humides. La descente et la montée se firent rapidement. Au moment de franchir la grille du Clos d'Ahaut, Vincente dit :

« Si je vous quittais, Mademoiselle. Michelle m'avalera, je n'ai pas fait les autres commissions.

— Quelles commissions?

— J'étais chargée d'avertir M. le Premier et les autres parents.

Vous allez, dit Elodie, envoyer Joseph chercher des gants blancs. C'est à lui que cette corvée revient. On le paye un peu cher; mais il faut en passer par là. Ce n'est pas à Michelle à s'occuper de nos cérémonies. Est-ce qu'elle s'y entend?

« Suivez-moi. Pendant que je serai auprès de mon beau-frère, vous courrez chez Joseph; puis vous irez aérer la grande chambre du pignon. Je prends celle-là; tant pis s'il arrive d'autres parents. »

Et, sur cette parole prononcée avec cet accent qui révèle le vrai fond du cœur, Elodie tira sur la patte de chevreuil qui formait le gland de la sonnette.

Aucune vibration ne se fit entendre.

« Cognez dans la porte, Mademoiselle, dit Vincente, la sonnette ne va plus.

Elodie saisit son ombrelle dans ses gros doigts et frappa de la poignée à coups redoublés.

« Voilà-t-il du train! grommela une voix de l'intérieur; qui est-ce qui frappe comme un aveugle chez nous? »

Une main vigoureuse tira la lourde porte, et la voix éplorée de Michelle ajouta :

« Les gens de cœur ne frappent pas comme ça sur la porte d'une maison, le jour où les larmes coulent des yeux comme des ruisseaux. »

Elle reconnut le visage agité d'Elodie, ses deux bras tombèrent le long de son corps et elle murmura :

« Déjà!

— Comment déjà? fit Elodie avec hauteur. Déjà! Est-ce qu'on n'aurait pas dû me prévenir quand l'état de ma sœur a empiré? Est-ce que je n'aurais pas dû être là à ses derniers moments?

— Mademoiselle, sanglota Michelle, il n'y a eu que son bon ange de présent. Monsieur qui la gardait, et qui avait chassé toute la journée, s'était endormi, et elle m'avait renvoyée de sa chambre. Ah! je voyais bien qu'elle était faible, qu'elle n'avait plus que le souffle, j'aurais dû lui désobéir pour la première fois de ma vie. »

Et Michelle jeta sur sa tête son tablier pour cacher son visage ruisselant de larmes.

« Je déteste cette fille, dit Elodie en traversant le vestibule; elle est d'un tragique! »

Le tragique! Elle le rencontra dans la chambre de Mme du Galadoc, où elle entra brusquement, sans frapper.

Machinalement, elle recula, en se signant.

La morte était devant elle, les rideaux du lit n'étant pas fermés, et son mari criait, en joignant ses mains hâlées :

« Hermine, ma chère femme, répondez-moi; Hermine, vous n'êtes pas partie... Hermine, réveillez-vous! »

Le pauvre homme passait son temps à sangloter sur le lit-canapé, où il se reprochait d'avoir si bien dormi pendant cette nuit fatale, ou bien il allait à elle, l'appelant, la suppliant de revenir à la vie.

Dans le fond de l'appartement passaient les enfants effrayés, qui ne voulaient pas croire non plus à cette disparition subite.

Elodie, le premier moment d'effroi passé, composa son visage et marcha vers le lit. Elle s'agenouilla et de son cœur sec sortirent, quasi de force, deux larmes rebelles.

Celle qui était là, sans regard et sans voix, avait été bonne pour elle, et avait souffert patiemment de ses défauts.

Intérieurement, elle se disait qu'elle avait perdu un soutien, une sympathie qu'elle ne remplacerait jamais, et elle avait versé deux larmes... sur elle-même.

« Elodie, dit le pauvre mari, n'y a-t-il rien à faire? C'est peut-être un évanouissement, une catalepsie.

— Hélas! mon cher César, hélas non! La pauvre Hermine a bien quitté ce monde de misère. Le docteur Chaudeleau a déclaré la triste vérité, et, s'il soigne mal ses malades, il a assez de science pour reconnaître que ses soins sont devenus inutiles.

— Elodie, vous ne voulez pas dire que?...

— Je ne dis rien, beau-frère; mais je vous ai souvent conseillé de prendre mon médecin, un jeune homme de grande science.

— Il l'aurait sauvée. L'aurait-il sauvée?

— Je n'en sais rien, elle était si malade, la pauvre femme. Vous étiez le seul à ne pas le voir.

— Je ne le voyais pas, Elodie, je vous jure que je ne le voyais pas.

— C'est votre habitude de ne rien voir, César. Avez-vous fait quérir quelqu'une de vos parentes pour gouverner un peu la maison ces jours-ci?

— Personne, Elodie. J'espérais toujours la voir revenir à elle.

— Eh bien, malgré mon chagrin, je suis venue vous proposer de m'occuper des détails de la cérémonie, de la maison et des enfants.

— Elodie, je vous remercie, vous êtes bien bonne.

— Je ne fais que mon devoir. J'ai fait acheter par Joseph des gants blancs... Vous permettez que je garde Vincente. »

Il répondit :

« Faites ce que vous voudrez. » et il alla se jeter dans un fauteuil où il demeura insensible à tout ce qui se passait autour de lui.

Elodie quitta la chambre et se rendit dans un petit salon, d'où elle donna ses ordres. Des estafettes partirent de tous côtés. Ayant ainsi pourvu aux choses urgentes, elle se rappela qu'elle était à jeun et descendit dans la salle à manger. Les enfants, convoqués par Michelle, entouraient la table ronde: Charlemagne, Roland, Bengale et Colomban, les bras croisés sur la table, pleuraient silencieusement ; Agathe, le teint échauffé, les cheveux ébouriffés, mais suspendant pratiquement ses accès de chagrin, buvait le chocolat que lui avait versé Michelle.

Le regard de Mlle Elodie fit le tour de la table.

« Le chagrin, je le vois, ne t'ôte pas l'appétit, » dit-elle à Agathe.

Agathe, occupée à gourmander Michelle qui avait mis trop de lait dans le chocolat, ne jugea pas à propos de répondre.

« Monsieur Charles, dit Michelle en essayant d'attirer l'attention du jeune homme, un peu de café vous ferait du bien, en voulez-vous?

— Je croyais qu'on servait du lait aux enfants, le matin, dit Elodie d'un ton sec.

— Oui, Mademoiselle, répondit Michelle; mais un jour comme aujourd'hui on n'a guère d'appétit, et il n'est pourtant pas possible de rester sans manger. Voilà Monsieur qui n'a rien pris depuis hier soir.

— Je lui ai porté du café, il n'a pas voulu le boire, dit Agathe.

— Vous ne vous y êtes pas bien prise, Mademoiselle. »

Et se tournant vers Yseult, elle dit :

« Ma petite Bengale, si vous alliez demander bien doucement à votre papa de venir dans la salle à manger, il se laisserait faire peut-être. »

Bengale se leva et disparut.

« Servez le café, commanda Elodie, je vais déjeuner et m'occuper des enfants. »

Comme l'appétit se réveillait bon gré mal gré dans les estomacs sains des jeunes gens, ils commençaient à manger du bout des dents, quand la porte s'ouvrit devant Bengale. Ses deux mains enserraient la main de son père, qui n'avait pu résister à ses supplications.

Michelle se précipita dans la cuisine et en revint portant une tasse en argent. Elle l'emplit de café fumant et la plaça devant son maître. Et, comme M. du Galadoc repoussait la tasse en détournant la tête, Mlle Elodie, qui étendait méthodiquement du beurre sur du pain grillé, lui dit :

« Mon cher César, nous voudrions tous nous nourrir uniquement de notre chagrin; mais il faut bien y ajouter quelque chose de plus substantiel, autrement nous tomberions sous le faix.

— Elodie, je n'ai pas encore appétit, » répondit le pauvre homme.

Michelle, qui suivait le dialogue et dont les yeux se mouillaient, fit à Bengale un signe que la petite fille comprit.

Elle prit une tasse, une tartine, et alla s'asseoir tout près de son père.

« Papa, dit-elle, il n'y a plus de café, voulez-vous m'en donner une cuillerée du vôtre dans mon lait? »

Il la regarda, prit machinalement la cuiller et servit la petite fille.

« A vous maintenant, papa, dit-elle en saisissant son coude de manière à lui faire porter la cuiller à sa bouche ; je ne boirai pas mon café, si vous ne buvez pas le vôtre. »

Elle le regardait, et il y avait une telle tendresse dans ses yeux qu'il s'exécuta et but son café à grands traits.

« Agathe, à ton tour, murmura Elodie à l'oreille d'Agathe. Ton pauvre père est mis comme un voleur; la famille va arriver, il faut le décider à changer de costume. »

Agathe, qui avait le cœur jaloux et qui ne demandait pas mieux que de faire acte d'importance en montrant l'influence qu'elle exerçait sur son père, l'entraîna vers le cabinet de toilette où était sa garde-robe. Charlemagne les avait suivis, et ce fut lui qui habilla M. du Galadoc de pied en cap.

Pendant ce temps on procédait à la funèbre toilette de la morte. Michelle n'avait pu s'empêcher de s'en mêler. Tout à coup elle fit irruption dans la salle à manger.

« Mademoiselle, dit-elle à Elodie, dont la moitié du visage disparaissait dans sa tasse de porcelaine, l'ensevelisseuse demande si quelqu'un de la famille viendra fermer les... yeux... de... Madame. »

Les enfants, à ces paroles, se reprirent à sangloter. Elodie remit brusquement sa tasse sur la table.

« Occupez-vous donc de ce qui vous regarde, dit-elle; on dirait que vous vous plaisez à renouveler notre douleur. Allez-vous percer le cœur de M. du Galadoc avec vos propositions?

— Mademoiselle, venez vous-même! On m'a dit : quelqu'un de la famille.

— Si vous n'aviez pas perdu la tête, la chose eût été faite aussitôt la mort, répondit durement Elodie.

— Ah! certes nous l'avions perdue et il y avait bien de quoi, sanglota Michelle. Mademoiselle Agathe, ne viendrez-vous pas fermer les yeux de votre mère ?

— Laissez-moi tranquille, répondit Agathe.

— Où est M. Charles? reprit Michelle.

— Il est avec son père, dit Elodie, et je défends qu'on le dérange.

— Alors personne! » gémit Michelle.

Bengale se leva. Elle tremblait comme la feuille, de la tête aux pieds; mais son visage était résolu.

« Michelle, ce sera moi, » dit-elle.

Et elle suivit Michelle qui la conduisit dans la chambre mortuaire.

CHAPITRE V

BAVARDAGES ET BATAILLES

C'est fini. On a enterré avec tous les honneurs possibles cette femme excellente que Dieu dans ses insondables desseins a rappelée à lui, quoiqu'il fût évident qu'elle était des plus nécessaires à ceux qu'elle abandonnait.

M. du Galadoc est revenu de la cérémonie dans l'état d'un homme qui a reçu un coup de maillet sur la tête : il a passé devant la niche de Castor sans entendre ses tendres aboiements; il n'a pas daigné regarder le petit Goulven que sa nourrice, bien intempestivement et malgré les recommandations de Michelle, venait lui mettre sous le nez dans le corridor; il a traversé la tête basse le grand salon où famille et enfants allaient se réunir, et il a disparu dans la bibliothèque, le seul appartement solitaire de cette vaste maison, l'appartement des pensums, l'appartement hanté, l'appartement envahi par les livres que grignote paisiblement l'armée innombrable des souris.

Frappé par un malheur suprême, il était tout naturel qu'il cherchât un refuge contre les importuns, et personne n'osa le suivre, pas même Bengale, qui oubliait sa douleur pour compatir à celle de son père.

Elodie se chargeait d'ailleurs avec joie du cérémonial à remplir. Il y avait si longtemps que l'impérieuse fille souffrait de vivre chez cette grand'tante dévote et retirée du monde, qu'il lui fallait tout son empire sur elle-même pour ne pas laisser éclater une joie indécente.

Du reste, elle avait peu connu et peu aimé sa sœur consanguine, Mme du Galadoc. Elevées par deux mères différentes, elles avaient vécu séparées.

Mme du Galadoc avait beaucoup d'enfants; et sa sœur, devenue majeure, échappait à sa grand'tante et commençait une agréable vie de voyages et de distractions qui ne s'accommodait pas avec sa fortune.

A trente ans, elle s'aperçut, non sans effroi, que cette fortune, gaspillée dans l'intention de faire un brillant mariage, lui laissait juste de quoi vivre. Elle venait de voir s'évanouir un projet longtemps caressé. Un parent éloigné, beau type de mélodrame et cervelle un peu fêlée, allait, sans tambour ni trompette, fonder un comptoir dans le centre de l'Afrique, et abandonnait sans façon la romanesque Elodie.

Dans cette phase d'ennuis et de soucis, elle se rapprocha de Mme du Galadoc, qui se montra d'une extrême bienveillance et qui obtint de la grand'tante qu'elle ouvrît sa porte à l'oiseau voyageur.

Là, depuis dix ans, Elodie faisait quelques économies, réparait les brèches et surveillait son héritage. Mais son abandon, ses frasques, avaient singulièrement refroidi la grand'tante, elle l'avait maintenue au second rang dans sa maison, qui était restée ce qu'elle était.

L'ennui d'Elodie atteignait à son apogée; il lui prenait des rages folles de changer de vie, et il lui venait une telle horreur pour cette maison si bien ordonnée, soumise à un ingénieux mécanisme, qu'elle regarda comme une délivrance d'être appelée chez son beau-frère, dont elle connaissait bien la faiblesse de caractère.

Elle présida fort convenablement la triste cérémonie. Entourée des enfants, qui tiennent du lierre et qui s'accrochent naturellement à l'appui qui remplace celui que brise la tempête, elle reçut les compliments de condoléance qui s'adressaient surtout à son beau-frère, et, la dernière révérence faite, elle jeta son chapeau de crêpe et son châle long à Vincente qui s'était improvisée femme de chambre, et se laissa tomber dans un fauteuil en disant aux enfants :

« Allez vous reposer à votre manière jusqu'au déjeuner, mes enfants; pour moi, je ne me sens plus aucun courage et tout ce que je pourrai faire sera d'écouter mes bonnes amies que voici. »

Les deux bonnes amies étaient une dame maigre plus âgée qu'Elodie et une autre plus jeune et fort jolie, deux sœurs entrées résolument dans le célibat. La plus âgée, ce qui se devinait à sa peau ratatinée, à ses cheveux grisonnants, à sa taille affaissée, possédait la langue la plus affilée de la ville. Son esprit critique et malveillant en faisait veux grisonnants, à sa taille affaissée, possédait une dose de dévotion qui l'empêchait de se livrer aux pires noirceurs et de joindre à la médisance perfide la calomnie plus odieuse encore.

Sa sœur, de quelques années plus jeune, lui avait été sacrifiée.

« Julie ne s'est pas mariée, disait son père, à qui elle ressemblait, Angélique lui tiendra compagnie. »

En conséquence, on avait claquemuré la jolie Angélique, on lui avait appris le piquet, on l'avait habillée, elle qui avait vingt ans, de la même façon que Julie qui en avait trente-cinq, et le père était mort, rassuré sur le sort de ses filles. On fait encore de ces hideux calculs en province.

Les enfants, qui n'avaient vu que très rarement les demoiselles Bigouldan, s'éclipsèrent de bonne grâce et Elodie put épancher sa satisfaction intime.

« Je n'ai jamais vu un plus bel enterrement, dit-elle ; quelle foule !

— Enorme, dit Mlle Julie. Le clergé était dans l'église que les dernières dames étaient encore dans la maison mortuaire.

— C'était vraiment un beau cortège, soupira Elodie.

— Et c'est M. le curé lui-même qui a officié, ajouta Mlle Julie. Il était cependant très enrhumé ce matin, m'a dit sa sœur, mais il n'a pas voulu se faire remplacer pour un membre de la famille du Galadoc.

— Est-ce que l'hôpital avait envoyé tout son personnel, Angélique ? demanda Elodie en s'adressant à la plus jeune des sœurs, qui s'occupait pratiquement des œuvres de charité ; la file des bonshommes était bien courte, il me semble.

— Beaucoup de vieillards souffrent de rhumatismes en ce mois, Elodie, répondit Angélique, et il n'y a pas moyen d'en fournir un grand nombre ; mais la « Providence » a eu l'attention d'envoyer toutes ses petites filles ; elles étaient bien cent.

— Ma pauvre sœur donnait beaucoup de ce côté ; les religieuses s'apercevront de son absence.

— Pour une mère de famille, elle était un peu dépensière, remarqua Mlle Julie.

— Oh ! Julie, elle était généreuse, seulement généreuse, riposta Angélique.

— Je dirais, comme Julie, dépensière, dit Elodie sévèrement ; notre dernière fâcherie était due à une de ces générosités intempestives qui m'exaspéraient... Mais revenons à la cérémonie. A-t-elle été aussi solennelle que celle de la comtesse de Bricar ?

— Certainement, s'écria Julie, et pouvait-il en être autrement ? Les du Galadoc valent cent fois les Bricar, qui ont commencé par prendre un *de* de leur propre autorité. Un beau jour, un journal a inséré : le comte de Bricar, ces journaux de Paris impriment de tels mensonges ! Tout le monde le sait, ce sont tout simplement des Jaret ; mon grand-père achetait son avoine chez le grand-père, qui portait le tablier de coton bleu et qui s'est enrichi par les biens nationaux. Ce ne sont pas des déchus, ces Jaret, mais des parvenus. Mais vous savez cela mieux que moi. »

Evidemment, elle le savait ; mais il y a des choses que l'on sait et qui font grand plaisir à entendre.

« La jeune Mme de Bricar est bien aimable, remarqua Angélique, qui jouait le rôle de l'huile entre ces deux gonds grinçants ; elle nous invite toujours à ses soirées.

— Elle est trop sémillante, répondit Elodie, je n'aime pas ce genre parisien.

— On dit qu'elle a donné une très grosse somme pour les pauvres le jour de l'enterrement de sa belle-mère, riposta Angélique.

— Pure ostentation ! siffla Julie.

— Enfin, dit Elodie, on n'a pas pu l'enterrer plus grandement que ma sœur, puisqu'il n'y a qu'une première classe. Cependant j'ai remarqué... c'est un détail, mes chères amies, mais il m'a blessée. »

Elle se recueillit un instant et dit :

« Il n'y avait qu'une rangée de têtes de mort sur l'autel.

— Je l'ai remarqué comme vous, s'écria Julie.

— Et il y en avait une double rangée pour l'enterrement de Mme Jaret... dite de Bricar, reprit Elodie ; j'ai même remarqué que l'un des cartons était écorné. Vous qui voyez souvent M. le curé, informez-vous de cela. Je croirais au-dessous de ma dignité d'en parler.

MICHELLE ET LA NOURRICE SE BATTAIENT DANS LA CUISINE

— Je saurai aujourd'hui même la raison de cette inconvenance, dit Julie en se levant : pas par M. le curé, qui donne le nom de curiosité aux questions les plus légitimes, mais par le sacristain. La première classe comprend une tête de mort contre chaque chandelier ; vous y aviez droit, Elodie.

— Je crois bien que je devine le motif de l'absence de ces cartons, dit Angélique : les souris font rage dans l'armoire de la sacristie où ils sont enfermés. Les premières classes sont rares à Questernac.

— Et pourquoi les souris ne les ont-elles pas dévorés pour l'enterrement de Mme de Bricar ? dit aigrement Julie.

— Précisément, on les a retirés pour cette cérémonie, et si l'armoire a été laissée entr'ouverte, toutes les souris de la sacristie s'y seront réfugiées et auront fait de grands dégâts.

— C'est une chose à éclaircir, et je l'éclaircirai, » dit Julie.

Elle se jeta au cou d'Elodie, et Angélique allait l'imiter comme elle le faisait en tout ce qui ne lui répugnait pas positivement, quand la porte s'ouvrit devant Agathe, qui riait à se tenir les côtes.

Elodie elle-même fut choquée de cette hilarité malséante.

« Agathe! dit-elle avec une certaine sévérité, que signifie?...

— Oh ! ma tante, venez bien vite : Michelle et la nourrice se battent dans la cuisine; Michelle s'est armée d'une poêle et la nourrice a pris une trique. Bengale a voulu les séparer et elle a reçu un bon coup sur le dos. Venez vite.

— Ma chère Julie, dit Elodie après avoir jeté un regard éloquent au plafond, voilà la maison de mon beau-frère. Ni ordre ni paix. Je me verrai obligée de mettre à la porte cette Michelle qui a pris trop de pied dans la famille. Adieu, revenez demain.

— Voulez-vous que nous allions vous prêter main-forte? dit Julie, qui se délectait dans les querelles de ménage.

— Non, non. Agathe, va chercher Charles ou Roland, ils viendront vite à bout de ces deux énergumènes. »

Elle pressa les mains des demoiselles Bigouldan et courut vers la cuisine, d'où partaient de véritables vociférations.

Quand elle apparut sur le seuil de la porte, les deux combattantes, d'un accord tacite, abaissèrent leurs armes. Michelle posa à terre la poêle qu'elle brandissait et qui lui servait surtout de bouclier pour parer les furieux assauts de la nourrice, armée d'une trique arrachée à un fagot éparpillé autour d'elle.

L'une et l'autre avaient la coiffe perchée sur le haut du chignon, la sueur coulait également de leur front.

« Que signifie cette bataille? dit Elodie avec majesté. Michelle, remettez à sa place cette poêle, vous pouvez blesser les enfants. »

Les enfants! c'était Goulven couché dans un oreiller sur le fauteuil en bois placé contre la cheminée, c'était Bengale accrochée des deux mains à la jupe de Michelle.

« C'est pour les défendre que je l'ai prise, Mademoiselle, répondit Michelle; je ne veux pas que cette ivrognesse touche le petit Goulven désormais.

— Ivrognesse! » s'écria la nourrice.

Et elle fondit sur Michelle, qui para le coup avec la poêle.

En ce moment, Agathe et Charlemagne entraient.

« Ote cette poêle à Michelle, » s'écria Elodie.

Mais Charlemagne comprit que dans cette lutte ce n'était pas Michelle qui était coupable. Ce fut la nourrice qu'il désarma d'un tour de main et qu'il mit sans façon à la porte.

« M'expliquerez-vous enfin ceci? dit Elodie très mécontente de la manière dont Charlemagne avait compris son intervention.

— Oui, Mademoiselle, oui, » répondit Michelle.

Elle se saisit du petit Goulven, que la brusque entrée de son frère et de sa sœur avait effrayé, et elle reprit, tout en dorlotant l'enfant :

« Mademoiselle, c'est une horreur, on nous a trompés sur cette femme. Hier, quand elle est arrivée, elle sentait l'eau-de-vie; mais, dans un moment comme celui-là, on n'a guère la tête à soi, et je lui ai livré Goulven. Après l'enterrement, elle est allée déjeuner avec les fermiers et s'est soûlée; oui, Mademoiselle, je l'ai trouvée couchée ivre-morte dans l'escalier avec Goulven dans ses bras. Je ne sais comment elle ne l'a pas étouffé en tombant. Elle voulait tout de même le garder, je le lui ai arraché et je l'ai amené ici. Colomban et Corentin étaient dans leur chambre, ils se sont amusés à lui jeter de l'eau sur la tête. Cela l'a dégrisée, et elle est arrivée comme une furie réclamant l'enfant. J'ai refusé de le lui donner, elle a saisi cette trique de fagot et j'ai pris mon poêlon pour me défendre. Mais c'est bien fini, elle ne touchera plus le pauvre petit. Une femme à qui on donne quinze francs par mois, nourrie, blanchie, et rien à faire!... Et un jour comme aujourd'hui, se soûler comme ça! Elle empoisonnerait le pauvre enfant.

— Vous décidez bien vite ces questions, dit Elodie; que fera-t-on de ce baby? De fait, on pourrait l'envoyer à la nourrice, la maison en serait débarrassée.

— Ce qu'on en fera? dit Michelle en serrant contre sa poitrine le malheureux Goulven; on l'élèvera au biberon, Mademoiselle; je connais une bonne petite vache qui a un lait excellent.

— Ce serait une économie, dit Elodie; mais qui le soignera?

— Moi, Mademoiselle, moi.

— Et qui fera la cuisine?

— Moi donc. Bengale s'occupera de son frère à l'heure des repas, et nous l'élèverons, et il deviendra un beau et fort garçon. Ma pauvre maîtresse comptait bien sur moi pour celui-ci, allez; elle avait comme un pressentiment qu'elle ne resterait pas pour l'élever. Elle me disait toujours : « Les enfants, Michelle, n'abandonne jamais les enfants. » Et c'est bien à celui-ci qu'elle pensait. »

Et elle inonda de ses larmes Goulven, qui s'était profondément endormi.

« Je vais consulter mon beau-frère, dit Elodie gravement, c'est à lui qu'appartient la décision.

— Mademoiselle, s'écria Michelle, n'en faites rien. Le pauvre Monsieur n'a pas encore assez d'amitié pour ce pauvre petit, et ça doublerait ses tristesses. Laissez-moi faire, je me donnerai un peu plus de mal, voilà tout; mais que cette femme ne touche plus à ce petit ange.

— Je me charge de l'en empêcher, dit Charlemagne, qui jetait à Michelle des regards pleins de reconnaissance.

— Ne plus avoir de nourrice sera une grande économie, dit Agathe; il lui fallait une bouteille de vin par jour.

— Vous prenez ceci sous votre responsabilité? dit Elodie en regardant tour à tour Agathe et Charles.

— Oui, répondirent-ils de concert.

— Eh bien, congédie cette nourrice, Charles; donne-lui une pièce de cent sous et qu'elle s'en aille. »

Charles et Agathe sortirent pour congédier l'ivrognesse, qui cuvait son vin dans le vestibule, et Elodie regagna sa chambre en murmurant :

« Cette Michelle est la vraie maîtresse ici, je m'en étais toujours doutée; je la ferai renvoyer. »

De son côté, Michelle, qui était allée chercher le berceau de Goulven, soupirait et pensait :

« J'ai grande hâte de voir partir Mlle Hurluberlu : elle n'a rien de Madame et ne nous aime pas, Goulven, Bengale et moi. »

CHAPITRE VI

RUSES ET MACHINATIONS

Michelle avait espéré que Mlle Elodie retournerait à son domicile après la cérémonie des obsèques; il n'en fut rien. Il était du reste bien naturel qu'elle ne quittât point son beau-frère, ni les enfants, pendant cette première semaine de deuil. Elle avait à s'occuper du service solennel de huitaine, à l'issue duquel les parents et les amis éloignés venaient partager le repas de famille, qui dégénérait en grand dîner.

« Le grand service nous débarrassera de Mlle Hurluberlu, avait pensé Michelle, il n'y a qu'à patienter jusque-là. »

Elle patienta d'autant mieux, que le petit Goulven n'accepta pas volontiers son changement de régime.

Le jour du grand service, Michelle avoua à l'aide qui lui était donnée pour le dîner qu'elle avait passé six nuits blanches avec cet adoré poupon, qui avait le mauvais goût de regretter son ivrognesse de nourrice.

« Mais le voilà devenu raisonnable, ajouta-t-elle; il a dormi comme une souche toute la nuit, et d'ailleurs, cette triste journée passée, nous allons tous nous reposer : notre pauvre Monsieur, que ces cérémonies-là tuent, parce qu'elles frappent sur son cœur comme à coups de marteau; les enfants, qui ne reprennent goût à rien; les animaux, dont on ne s'occupe plus : j'ai cru Castor enragé ce matin, son eau était un bourbier; tous enfin, gens et bêtes, nous allons, non pas nous consoler, mais nous délasser quand Mlle Hurluberlu et sa campine seront parties. »

MICHELLE TRAINAIT LA GRANDE MALLE DANS L'ESCALIER

Sur cette espérance, Michelle endura patiemment les exigences d'Elodie et de Vincente, sa femme de chambre improvisée, et, le jour du service solennel, elle se multiplia.

Les soins à donner à Goulven, les travaux écrasants du ménage avaient engourdi sa douleur, et jamais les convives de M. du Galadoc n'avaient été mieux traités.

Dans l'après-midi, entendant la grand'tante d'Elodie demander sa voiture — les sentiers du vallon étaient interdits à la vieille dame — Michelle trouva le temps et la force de descendre dans la chambre de la belle-sœur de M. du Galadoc la caisse que celle-ci avait

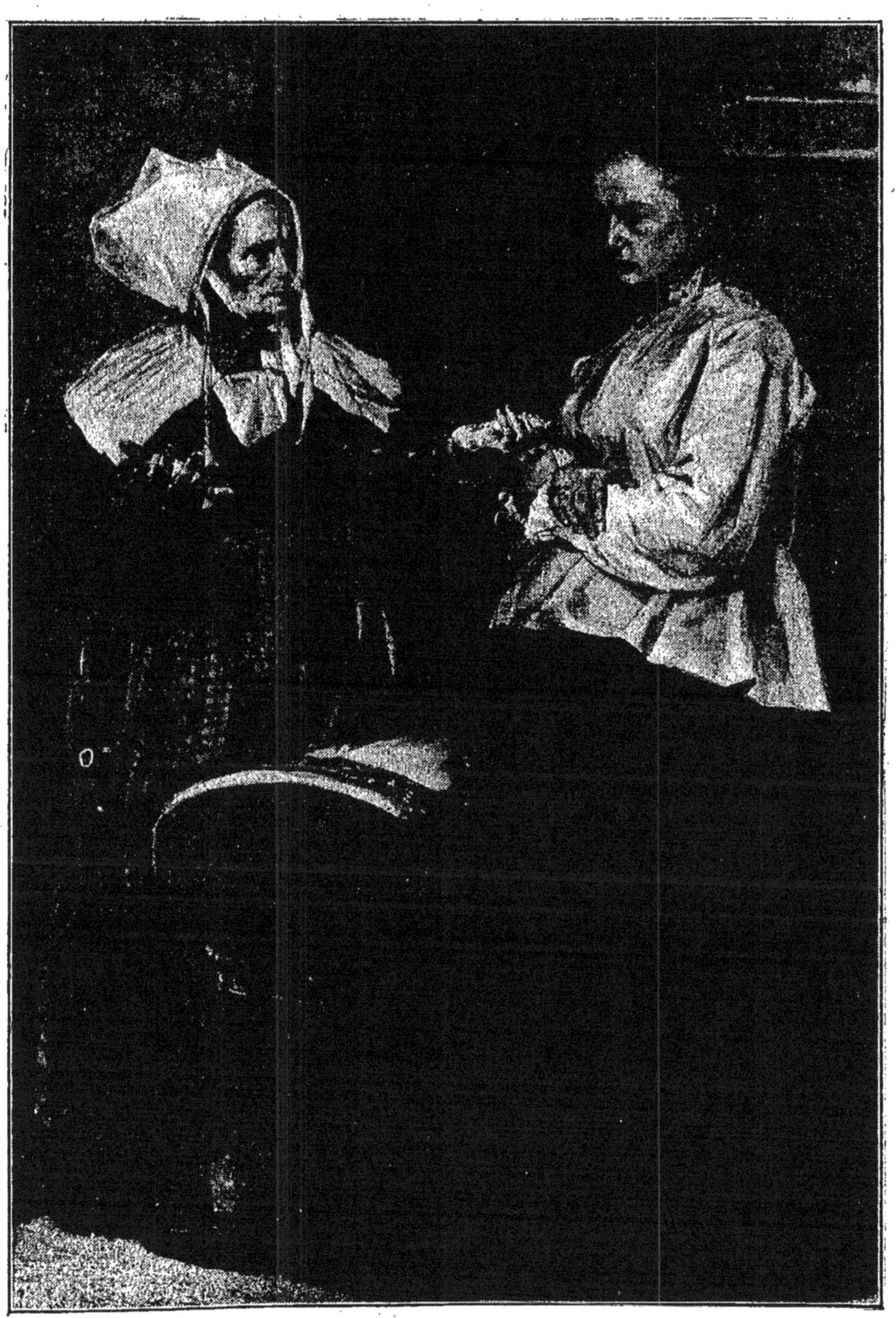

DEBOUT PRES DE LA MALLE, ELODIE ET VINCENTE TENAIENT CONSEIL

fait venir et qui avait été transportée par mégarde, pensait Michelle, dans le grenier. Vincente la trouva traînant dans l'escalier cette grande caisse à demi pleine de vêtements.

« Qu'est-ce que vous faites là? demanda-t-elle d'un air insolent; est-ce que Mademoiselle vous a prise à son service?

— Vous devriez me remercier, risposta Michelle; je vous épargne une grosse fatigue, car cette malle est joliment lourde.

— Mais on ne vous a pas priée d'aller la chercher. Mlle Elodie, dont je deviens la femme de chambre, m'aurait donné des ordres. Vous êtes donc bien pressée de la voir s'en aller?

— Oui, murmura Michelle en poussant la caisse sur le palier, et toi avec elle, maudite campine.

— Ce n'est pas répondre que de mâcher comme cela des mots entre vos dents, reprit Vincente toujours agressive, nous resterons sans doute une ou deux semaines ici.

— Pourquoi pas toute l'année? cria Michelle en mettant ses poings sur ses hanches.

— Eh! oui, que cela vous plaise ou non, » dit la voix creuse d'Elodie, qui parut sur le seuil de sa porte.

Michelle, dans son zèle, n'avait pas pris le temps de voir si la chambre de Mlle Hurluberlu était vide. Elle demeura atterrée; il lui sembla qu'Elodie s'installait à demeure.

« Vincente, faites rentrer cette caisse dans ma chambre, » commanda Elodie.

Vincente poussa la caisse, entra à sa suite et la porte se ferma brusquement au nez de Michelle.

« La caisse est là tout de même, murmura Michelle; si elle était restée, elle l'aurait fait remonter dans le grenier. »

Dans la chambre, de chaque côté de la caisse, Elodie et Vincente tenaient conseil.

« Michelle n'avait-elle point reçu d'ordres? demanda Elodie d'un air inquiet; c'est un monstre d'impertinence, une véritable révolutionnaire; mais aurait-elle osé déloger cette caisse du grenier? ce qui était dire à sa propriétaire : « Partez. »

— Elle s'en serait vantée, Mademoiselle, répondit Vincente. Elle s'est imaginé que vous partiez avec Mme votre tante, et dans sa joie, ellle a couru chercher la caisse.

— Mais je serai peut-être obligée de profiter de sa voiture, Vincente.

— Vous retourneriez dans cette maison qui est comme une tombe, Mademoiselle!

— Il le faudra bien, mon beau-frère ne m'invite pas à rester chez lui.

— Comment, il ne l'a pas fait encore?

— Non.

— Et les enfants?

— Je ne puis compter que sur Agathe. Je lui ai dit que si son père m'obligeait à diriger sa maison, je vous prendrais comme femme de chambre et que vous seriez aussi à son service, et comme elle est la paresse et le désordre personnifiés, elle serait enchantée que je restasse.

— Mademoiselle, il faut rester, dit Vincente énergiquement. On dit déjà par la ville que M. votre beau-frère vous a suppliée de vous occuper de sa maison et de ses enfants; on dit que vous serez pour eux une seconde mère. Vous n'allez pas laisser tomber tout ça dans l'eau. Lui avez-vous parlé bien clairement?

— Non; mais j'ai fait des allusions si transparentes! Cependant je me suis promis de frapper un grand coup avant de partir.

— Frappez-le tout de suite. »

Mlle Elodie, qui s'était assise sur la caisse, se leva.

« Mon beau-frère est-il dans la bibliotèque? demanda-t-elle.

— Il n'en bouge pas, Mademoiselle; vous avez vu qu'il n'a quasi rien mangé au dîner.

— Non, mais il a bu, Vincente. »

Vincente cligna de l'œil et dit :

« Mademoiselle, si ça le console!

— Enfin je vais le trouver et connaître une bonne fois ses intentions. »

Sur cette parole, elle se rendit dans cet appartement éloigné qui s'appelait la bibliothèque et qui contenait tous les livres de la maison. Elle frappa timidement à la porte, et, personne ne répondant, elle ouvrit.

M. du Galadoc, étendu dans un fauteuil de paille, dormait. Ses pommettes d'un rouge ardent, le désordre de sa chevelure, prouvaient que cette sieste pouvait bien provenir de ce que le pauvre homme avait bu plus que de raison au sortir d'une abstinence prolongée.

Elodie avisa un tas de livres dressés en pyramide dans un coin; la pyramide était haute et très étroite à la base; une échasse dépareillée s'offrit en même temps à ses regards; elle s'en saisit, se plaça derrière la porte qui était restée ouverte et l'échasse se mit à faire l'office de bélier.

Patatras! M. du Galadoc se réveilla en sursaut. Une pile de livres gisait à terre, une épaisse poussière l'enveloppait.

« Qui a jeté ça? bégaya-t-il. Etes-vous là, mes enfants? »

Un coup sec frappé à la porte lui répondit.

« Entrez, dit-il. C'est vous, Elodie? Quelle drôle de chose, n'est-ce pas? La pile des livres dépareillés qui s'est écroulée toute seule.

— Vous trouvez-vous mieux, César? demanda Elodie en prenant un tabouret placé près d'une vieille table à écrire tapissée d'encre.

— Je ne suis pas malade, dit-il d'un air sombre sans la regarder.

— Non du corps, mais du cœur, dit-elle en plaçant sa grosse main au large sur le côté gauche de son corsage noir.

— Je ne sais pas. Je ne peux me faire à son absence. »

Et il prit sa tête grisonnante à deux mains.

Elodie rapprocha son tabouret.

« Pauvre César! » dit-elle.

Et lançant un soupir à faire crouler une autre pile d'in-folio, elle ajouta :

« Cela me peine horriblement de vous quitter. »

Il ne répondit rien ; évidemment la peine n'était pas partagée. Une seconde exclamation échappa à Elodie.

« Pauvre Hermine ! »

Ce nom fit tressaillir M. du Galadoc ; il ouvrit les yeux et répéta :

« Hermine !

— Oui, Hermine, reprit Mlle Elodie en portant son mouchoir à son visage, elle m'a si souvent dit...

— Que vous a-t-elle dit ?

— Qu'il lui serait bien pénible de quitter son mari, ses enfants, sa maison. Tenez, César, elle m'a recommandé ce pauvre petit Goulven avant sa naissance.

— Ne parlez pas de celui-là, Elodie.

— Et les grands surtout l'occupaient, César. Je vais vous parler franchement, j'ai le cœur brisé de les quitter. »

Il la regarda.

« Eh bien, restez, dit-il.

— Rester... Et ma tante ! Acceptera-t-elle que je la quitte ? »

M. du Galadoc demeura muet.

« Qu'importe ? s'écria Elodie, craignant de laisser échapper la permission ; elle n'a pas besoin de mes soins pour longtemps, tandis que vos pauvres filles, Agathe et Yseult, vont rester sous la direction d'une servante.

— Michelle est une bonne fille, Elodie ; Hermine aimait beaucoup Michelle.

— Mais elle ne lui a pas confié ses enfants comme à moi !

— Elle vous a confié ses enfants ? dit-il d'un air incrédule.

— Souvent, souvent ; d'une manière détournée, c'est vrai, mais je ne comprenais que trop ses craintes et ses désirs. Je m'étais préparée au sacrifice. J'ai renoncé à me marier, c'est fini. Il est bien naturel que je m'occupe des enfants de ma pauvre sœur, puisque c'était son désir.

— Vous dites que c'était son désir, à... Hermine ?

— Oui ; mais vous comprenez bien, César, qu'il faut que cela vous convienne, à vous.

— Si elle le désirait, si cela vous convient, cela me convient à moi aussi.

— Vous le dites du fond du cœur, vous voulez que je demeure ?

— Comme vous voudrez vous-même ; d'ailleurs, il n'y aura aucun contrat de passé : quand vous vous ennuierez, vous partirez.

— César, dit majestueusement Elodie, on ne s'ennuie jamais en faisant son devoir, et mon devoir est d'écouter la voix de ma sœur du fond de la tombe. Voulez-vous consulter vos enfants ?

— Non ; si cela ne leur plaît pas, ils vous le diront bien eux-mêmes.

— Eh bien, je reste, dit Elodie en se levant. Je vous payerai la pension que je payais chez ma tante et je tiendrai votre ménage comme la pauvre Hermine l'aurait certainement désiré. »

Un merci laconique lui répondit, et elle s'en alla avec une figure mélancolique qui se fit aussitôt radieuse dans le corridor.

Elle monta rapidement à son appartement. Michelle et Vincente s'y trouvaient encore.

« Michelle, dit-elle en montrant du geste sa grande caisse, puisque vous avez descendu cette malle, vous pourrez bien la remonter quand Vincente aura vidé le contenu dans les tiroirs de cette commode.

« Mon beau-frère m'a suppliée de prendre les rênes de son ménage et j'ai consenti.

— Mademoiselle demeurera désormais ici ? demanda doucereusement Vincente en lançant un coup d'œil à Michelle, que la consternation rendait muette. Mme sa tante en fera une maladie.

— Peut-être ; mais ma décision est prise et vous irez ce soir même porter une lettre à Mme de Gourbin. »

Cela dit, elle ferma la porte au nez de la pauvre Michelle, qui descendit l'escalier en s'accrochant à la rampe, comme une personne ivre et en murmurant :

« Ah ! Madame ! Madame ! comment n'avez-vous pas empêché ça du paradis. Si elle reste, je décampe. »

CHAPITRE VII

LES FUGUES DE MICHELLE. — LE REVEIL DU CHASSEUR

MADEMOISELLE Elodie ne perdit point de temps, en quelques jours son mobilier fut transporté au clos d'Ahault.

A mesure que l'installation s'opérait, Michelle s'enhardissait dans la résolution de partir. De fait, le gouvernement d'Elodie était vis-à-vis d'elle l'autocratie la plus tyrannique.

Souple comme un gant vis-à-vis de son beau-frère et de ses neveux, elle reprenait vis-à-vis de Michelle l'impertinence et l'âpreté de son caractère.

Vincente, qui s'implantait aussi peu à peu dans la maison, servait d'écho et rapportait fidèlement, trop fidèlement, à l'une et à l'autre, les choses désobligeantes qu'elles disaient l'une de l'autre. Cette maudite petite campine était méchante pour le plaisir de l'être, elle aimait à envenimer les blessures par ses coups de langue.

« Voici la campine qui s'installe aussi à sa manière, se dit Michelle, je m'en irai cette semaine. »

Mais il y avait une paire de chaussettes, à ce pauvre Monsieur, qu'il fallait finir, et la semaine passa.

« C'est pour celle-ci, » se dit Michelle le lundi matin.

Mais le petit Goulven eut des couvulsions et il n'y eut pas moyen de s'en aller.

Cependant Michelle avait réellement le projet de se séparer du clan. Elle redoutait d'en parler au chef : il y aurait des scènes et en pure perte. Elle se disait qu'elle s'enfuirait quelque soir comme une voleuse et elle habituait Yseult à doser et à chauffer le lait du biberon, afin que le petit frère ne tombât pas dans les mains de sa remplaçante.

Elle en était là de ses résolutions, souffrant avec une patience angélique les persécutions de ses deux ennemies, quand il lui fut signifié qu'elle laissât Vincente servir à table. Ceci la frappa en plein cœur.

« Cette fois, c'est mon congé en règle, » se dit Michelle.

Elle passa le temps de ce déjeuner qu'elle avait manqué, hélas! à interroger par l'entrebâillure de la porte les physionomies de ses maîtres.

Elles avaient l'expression de tous les jours. M. du Galadoc mangeait distraitement et buvait plus qu'il ne mangeait; les enfants causaient bruyamment; Mlle Elodie et Agathe paraissaient d'une gaîté folle, et la maudite campine semblait prendre part à leur hilarité.

« Je pars sans tambour ni trompette, se dit Michelle en dévorant ses larmes; Monsieur est tout drôle et il a déjà bu deux verres de tafia, je lui ferais de la peine bien inutilement. Allons! du cœur! Et que Notre-Dame de la Clarté me vienne en aide! »

Elle empila dans un mouchoir, sans trop savoir ce qu'elle faisait, les objets qui avaient pour elle quelque prix et se sauva vers la cour. Mais, ô désespoir! voilà que, sur le vieux balcon d'un petit pavillon qui servait de fruitier, apparait Yseult portant Goulven, qui vient de dîner et qui est frais et gai.

« Faites la jolie menette à bonne Michelle,» dit Yseult en penchant l'enfant hors du balcon.

En sautant sur une grosse pierre moussue qui se trouvait là, Michelle aurait pu embrasser Goulven; mais elle n'aurait plus eu de jambes pour s'en aller. Elle eut la force de sourire au poupon et continua son chemin sans détourner la tête.

Quand la porte se referma brusquement derrière elle, il lui échappa un sanglot; elle était partie, c'était bien fini.

Tout à coup son visage pâli devint pourpre: un cri perçant, un cri de souffrance arrivait à ses oreilles.

Elle écouta : c'était Goulven qui pleurait.

Ses pieds s'attachèrent sur place, marcher lui était devenu impossible. Pauvre Michelle! elle avait un vrai cœur de femme, un cœur dont les fibres tressaillaient surtout à ce qui s'appelle la douleur. Elle avait pu passer devant ce balcon, où lui était apparu le dernier-né de sa chère maîtresse ; il lui avait souri, il avait le visage joyeux.

Mais voilà que sa joie s'était soudain changée en souffrance! Voilà qu'il ressentait les atteintes de la douleur. Quelle puissance! quelle éloquence avaient ces cris!

Depuis qu'elle avait entendu ce cri, Michelle avait perdu la force d'avancer et quand, après un instant de silence, ils recommencèrent, elle n'y tint plus, elle fit volte-face, son paquet à la main, et s'élança vers le balcon où l'enfant se tordait dans les bras d'Yseult.

La petite fille se hâta de le lui passer, tout en lui confiant la cause de ce chagrin subit. Agathe était venue sur le balcon et elle avait demandé le poupon à Yseult, qui n'avait pas voulu le lui donner.

Alors elle avait usé du moyen traître dont elle ne rougissait pas de se servir, elle avait pincé Yseult au bras; mais ses doigts avaient glissé et c'était Goulven qui avait subi l'étreinte. Telle était la cause de ses larmes.

Michelle l'emmena et se mit à le dorloter pour l'endormir, ce qui ne fut pas facile.

Toute idée de départ avait fui de son cerveau elle appela la foi à son secours.

« Nous sommes bien lâches d'être si plaignants, dit-elle le soir même au vieux jardinier qui commençait ses travaux d'automne; mon pauvre Jacques, il faudrait pourtant nous remettre en mémoire que le bon Dieu a souffert plus que nous et qu'il est mort sur la croix par-dessus le marché. Pour moi, je m'en vas me jeter dans la patience, et je ne m'en irai d'ici que lorsqu'on m'en chassera à coups de fouet. »

Cette autre forme de départ devait lui être aimaient Michelle, qui les aimait; Agathe seule fut de son avis. Agathe détestait Goulven et par la même occasion Michelle à laquelle Goulven devait la vie.

Elle ne se découragea pas. Son amie Julie Bigouldan, Vincente la maudite campine et elle, eurent de fréquentes conférences et il fut décidé que Michelle serait attaquée à la sourdine et auprès des enfants auxquels Elodie et Vincente permettraient les choses les plus saugrenues, ce qui amènerait évidemment de la part de Michelle des réprimandes qui ne pourraient manquer d'être mal accueillies.

SUR LE BALCON APPARUT YSEULT PORTANT GOULVEN

bientôt signifiée par Elodie, qui, ayant gagné la première manche de sa partie, n'entendait pas en rester là. Elle se doutait qu'elle avait en Michelle une surveillante aux yeux de lynx, un critique sévère et passionné, et elle se disait que son renvoi s'imposait.

La voyant endurer bravement les mille petites misères qu'elle lui suscitait, elle commença un travail de sondage près des divers membres de la famille.

A l'entendre, Michelle était volontaire, ambitieuse, dépensière, Michelle croyait mener la maison et ses maîtres par le bout du nez; ne serait-il pas bon de remplacer Michelle?

Elle ne fut pas heureuse dans ses premières tentatives. Son beau-frère lui jeta un regard de travers. Charles, Roland, Colomban, Corentin, Yseult répondirent crûment qu'ils

Cette tactique était habile; mais on avait compté sans le dévouement de la brave fille. Michelle n'avait plus qu'un objectif : arracher son maître à la torpeur où il se complaisait; le reste pour le moment lui était indifférent.

Elle avait beau s'ingénier à le distraire, M. du Galadoc ne se reprenait pas à vivre. Il passait ses journées dans cette vaste bibliothèque, feuilletant machinalement quelque volume de son auteur favori, Walter Scott, le plus souvent se promenant de long en large avec une régularité automatique. Un semblable emploi de son temps détruisait son robuste appétit : il mangeait peu, mais il buvait beaucoup, et sa belle-sœur l'y incitait.

« Monsieur va tomber dans la boisson, si cela continue, se dit Michelle; elle lui verse le vin comme l'eau et il est à moitié gris quand il sort de table. Comment faire, comment faire pour le tirer de là ? »

Un soir elle eut, à l'insu d'Elodie, une longue conférence avec Charlemagne, qui commençait à s'inquiéter de l'état d'hébétement dans lequel tombait son père.

Ils se séparèrent en disant :

« Ce sera pour demain, si le temps est beau. »

Le temps fut superbe. Tout septembre s'était abîmé dans des pluies diluviennes ; mais ce dixième jour d'octobre le soleil rayonnait sur les vitres couvertes de buée et l'air avait une sonorité et une transparence qui rappelaient la belle saison. M. du Galadoc, qui était matinal, arrivait toujours le premier dans la salle à manger.

Ce jour-là, il trouva Michelle faisant de vains efforts pour fermer la fenêtre qui donnait sur le jardin.

« Je ne sais pas ce qu'elle a ce matin, murmurait-elle assez haut pour que son maître l'entendît : c'est la rosée, sans doute. »

Elle se détourna.

« Par ce beau temps, voulez-vous que la fenêtre reste ouverte, Monsieur ? » dit-elle.

Il frissonna.

« Il fait froid, dit-il en déposant sa tasse sur son assiette ; cependant laisse-la ouverte, si tu le veux. »

Michelle obéit et disparut dans sa cuisine, d'où elle suivit les faits et gestes de son maître.

En quittant la table, il se rapprocha de la fenêtre. Il jeta un coup d'œil sur son jardin ; puis il s'en alla d'un pas lourd, et Michelle entendit la porte de la bibliothèque se refermer derrière lui.

Il y était entré en effet, mais il n'alla pas se jeter dans son fauteuil : il se promena quelque temps les mains derrière le dos, lançant de longs regards vers la fenêtre, dont les petits carreaux, enduits de poussière, étaient tout brillants.

Fatigué, ennuyé, il se laissa tomber dans son fauteuil. En ce moment la porte s'ouvrit devant un cortège pittoresque. Charlemagne tenait par le collier Castor, qui faisait mine de s'élancer vers son maître, Bengale avait un lourd fusil sur son épaule et un carnier en bandoulière, et derrière eux marchait Michelle et dans ses bras Goulven, ses petites mains cramponnées à la grosse pipe d'écume, dont Michelle soutenait le tuyau.

La solitude avait rendu M. du Galadoc très irritable : il fronça le sourcil et fit le mouvement de se soulever sur son fauteuil ; mais, en ce moment, Castor échappa aux mains de Charles, se précipita sur lui et lui ôta toute la liberté de ses mouvements en l'accablant de caresses.

Charles et Bengale s'étaient approchés. Charles empoigna le chien par le collier et ce furent les bras de Bengale qui entourèrent le cou de M. du Galadoc.

Il était plus ému qu'il ne voulait le paraître ; il commença par caresser Castor, puis il embrassa Bengale, et, quand la pipe tomba des mains de Goulven, il la saisit au vol.

« Allons, dit-il, vous voulez donc que je fume et que j'aille à la chasse, mes enfants ?

— Oui, papa, répondit Bengale.

— J'ai congé aujourd'hui, père, dit Charles, je vous accompagnerai. »

M. du Galadoc prit son fusil, fit jouer les gâchettes et se leva.

« J'aurai besoin de toi, dit-il, je ne suis pas très ferme sur mes jambes.

— Père, nous irons tout près, pour ne pas vous fatiguer. Quel temps pour chasser, n'est-ce pas ? »

M. du Galadoc passa, sans mot dire, en bandoulière le carnier que lui tendait Bengale et plaça le bout d'ambre de la pipe entre ses lèvres.

« Allons, dit-il, allons, la vie que je mène me rendrait idiot. »

Un quart d'heure plus tard, il sortait accompagné de son fils Charles et de Bengale, suivis par Colomban et Corentin qui s'amusaient à imiter les cabrioles de Castor.

Mlle Julie Bigouldan, qui habitait une des maisons silencieuses de la rue silencieuse des Pignons, le vit passer et appelant sa sœur du geste :

« Voyez, dit-elle, M. du Galadoc guêtré, armé, s'en allant chasser gaiement, trois semaines seulement après l'enterrement de sa femme. Voilà les hommes ! »

Dans le faubourg, au contraire, on fut frappé de son changement physique.

« Voyez donc ce pauvre Monsieur du clos d'Ahault, disait-on, comme il a blanchi, comme il s'est voûté. Ah ! les anciens ont bien raison quand ils disent que le chagrin tue les hommes et engraisse les femmes. »

La promenade de M. du Galadoc, qui avait commencé lugubrement, dégénéra néanmoins en chasse, grâce à l'entrain de Castor, qui, mis au repos comme son maître et n'ayant pas eu les mêmes raisons de s'y livrer, avait mené la vie d'un enragé dans cette cour qu'il lui était défendu de franchir.

Ce jour-là, il avait un flair admirable, des arrêts superbes. Peu à peu la vue des hauts faits de son chien, l'odeur de la poudre, que Charles tirait aux moineaux, électrisa le vieux chasseur.

Il partit tout à coup, à grandes enjambées, laissant Bengale auprès d'une masse rocheuse qui cachait une source limpide dans ses flancs. L'enfant s'amusa à voir tomber goutte à goutte les perles cristallines et affirma qu'elle n'avait éprouvé ni peur ni ennui, quand son père et ses frères vinrent la retrouver.

Elle offrit à son père une gourde pleine de vin que Michelle avait eu la précaution de placer dans le carnier. Il but avec plaisir, car l'eau claire, dont il usait d'habitude, n'aurait pas réparé ses forces, dont il sentait cruellement en ce moment la diminution. Après cela, il alluma sa pipe et fuma silencieusement, en caressant le plumage de deux belles perdrix rouges, que son plomb avait blessées à mort.

La fumée de tabac lui causa une sorte d'enivrement passager, qui lui prouva une fois de plus combien la vie cloîtrée qu'il menait depuis la mort de sa femme minait sa forte constitution, et il déclara à ses enfants qu'il chasserait le lendemain.

« Avec moi, papa, dit Bengale; vous me déposerez encore ici, où je m'amuse beaucoup, et je vous préparerai votre goûter. »

Il rentra en ville, le visage épanoui, marchant d'un pas ferme, escorté de ses enfants.

Michelle, qui s'était postée sur le vieux balcon, Goulven dans les bras, pour guetter son retour, devina bien vite l'excellent effet produit par cette sortie.

Mais en fine mouche, décidée à ne point paraître en de pareils complots, elle ne s'extasia que devant les perdrix. C'étaient les plus belles que Monsieur eût attrapées, elles avaient le jabot plein de mil; quelle joie pour les gourmands de la famille que ce beau plat de perdrix aux choux! Corentin et Mlle Elodie s'en lécheraient les doigts.

Sa satisfaction fut complète au moment de sa surveillance occulte.

M. du Galadoc s'était rafraîchi les mains et le visage, avait peigné ses cheveux et sa barbe et, chose qui fit tressaillir d'aise la fidèle servante, il rappela à l'ordre, d'une voix forte, en l'appelant par son nom, la clan, et demanda deux fois du gigot. Il boit tout de même beaucoup plus qu'auparavant, remarqua Michelle; mais le gigot à l'ail demande à être arrosé. Il est sauvé! mon Dieu, il est sauvé! Il fume, il chasse, il mange, il appelle le clan. Seigneur, de le voir devenir malade ou ivrogne, je ne sais pas lequel m'aurait le plus affligée. »

M. DU GALADOC PASSA LE CARNIER EN BANDOULIÈRE

Cette nuit-là, Goulven fut tranquille comme un ange et Michelle, pour la première fois depuis la mort de sa maîtresse, dormit délivrée des cauchemars épouvantables qui ôtaient toute vertu calmante à son sommeil.

CHAPITRE VIII

NOUVELLES ALARMES

Tout marchait assez bien dans le clan des Têtes Chaudes. Le chef passait ses journées à la chasse; Charlemagne et Roland méritaient nombre de punitions au collège par leur caractère résistant, mais travaillaient dur; Colomban et Corentin suivaient régulièrement les exercices de leur classe au petit collège de leur ville, mais tout à fait en amateurs. Leurs absences étaient en vain signalées, ils disparaissaient sans cesse. Leurs livres et leurs cahiers étaient remplis d'illustrations, et le professeur ne pouvait s'empêcher de sourire quand, tournant la page pour achever de lire une version ridicule, il apercevait un lièvre qui s'échappait d'un buisson.

Agathe ne quittait pas sa tante Elodie et, sous son égide, se plongeait à corps perdu dans la gourmandise et la paresse. Gatheau, c'était son petit nom, se levait quand cela lui plaisait, ne s'habillait que l'après-midi et accompagnait sa tante dans ses courses et ses visites aux intimes, parmi lesquels les demoiselles Bigouldan tenaient le premier rang.

Bengale, elle, se séparait de ces dames et s'occupait, avec Michelle, du petit Goulven. Tous deux la conduisaient et la reconduisaient au couvent où elle faisait ses études, un peu dans le genre de celles de Colomban et de Corentin, avec la différence que sur ses cahiers, les lièvres, les fusils, les oiseaux étaient remplacés par des poupons, des béguins et des berceaux.

Les bonnes Mères, la voyant distraite, ne s'en occupaient guère et ne cherchaient pas à analyser ses distractions.

Si l'une d'elles avait vu Bengale regarder les arrivants par la fenêtre du parloir, et se lever en apercevant une femme en coiffe de tulle, qui portait sur les bras un enfant enveloppé dans une mante de cachemire blanc, elle aurait deviné le sujet des préoccupations de la petite fille, qui sérieusement se regardait, à l'égard de Goulven, comme la partie d'une maman dont Michelle faisait l'autre.

Il était bien heureux pour l'enfant que de pareilles sympathies lui fussent acquises. Son père était d'une indifférence cruelle pour lui, et l'aurait mis volontiers hors du clan; ses grands frères avaient l'air d'ignorer son existence, les moins grands dédaignaient de jouer à la poupée, Gatheau ne l'aimait point et Mlle Elodie avait l'habitude de tourner le dos aussitôt qu'il apparaissait.

Cela ne l'empêchait point de profiter des bons soins de Michelle et de devenir le plus joli poupon de la ville.

« Regardez comme il est beau, notre Goulven, disait Michelle à son maître, tout le monde m'arrête dans les rues pour demander son nom. Il ressemble à Madame, qui était si belle; et il a de l'esprit comme je n'en ai jamais vu à un enfant de son âge. Il y a des gens qui en sont si épouvantés, qu'ils disent qu'il ne vivira pas. Et moi, je dis que c'est le plus solide du clan. Allez, Monsieur, on n'y fait point grande attention dans la famille, à ce petit-là, mais il vous fera peut-être plus d'honneur que tous les autres. »

On riait des enthousiasmes de Michelle, et Goulven n'intéressait que Bengale et Mlle Angélique Bigouldan.

Cette bonne Angélique, que sa sœur Julie métamorphosait en satellite et qui ne pouvait respirer qu'en sa présence, avait cherché dans le clan, maintenant gouverné par Elodie, un personnage sympathique avec lequel elle pût avoir des relations agréables.

En ce moment, sa sœur Julie délaissait toutes ses connaissances pour Elodie. Elodie était soudain devenue son amie intime, son conseil, sa direction; il n'y avait qu'une femme capable à Questernac, c'était Elodie, qu'une femme spirituelle, c'était Elodie. Elle avait déclaré à sa sœur que, ses autres amies n'arrivant pas à la cheville d'Elodie, elle planterait là ses autres amies et cultiverait le clan.

Ce n'était pas gai pour Angélique, qui avait l'âme charitable, de venir faire du crochet, trois heures durant, toutes les après-midi, dans le salon du clos d'Ahault, pour entendre Elodie et Julie déchirer leur prochain en menus morceaux et dénigrer leurs fournisseurs et leurs domestiques.

Son doux regard avait heureusement rencontré Bengale et Goulven, et elle s'était liée avec Bengale et Goulven et, mon Dieu, il faut le dire, avec Michelle.

Mais cette dernière liaison était un mystère. Elle ne tenait pas à s'attirer les foudres des deux amies.

Avec une adresse née du despotisme de sa sœur, elle s'arrangea à voir, au moins pendant quelques minutes, les trois personnages qu'elle aimait. Le lieu du rendez-vous était la salle à manger. Bengale s'y tenait avec Goulven, et Michelle se joignait, de la porte de la cuisine, à la conversation.

Aussitôt que l'arrivée d'Elodie était signalée, elle battait en retraite et fermait les portes.

Quand ces dames s'étaient rafraîchies, elles retournaient au salon, laissant cette simple Angélique jouer avec Goulven.

« Ma sœur sera toujours enfant, disait Julie à Elodie; Goulven est une poupée pour elle, laissons-la jouer avec Goulven. »

Les deux bonnes pièces parties, Michelle

réapparaissait, et un jour elle apprit, de la douce Angélique, qu'Elodie et Julie parlaient de nouveau de son renvoi.

« C'est pour que vous preniez bien vos précautions que je vous dis cela, ma bonne Michelle, murmura-t-elle ; une femme avertie en vaut deux, et vous aurez le courage de faire à propos les concessions nécessaires.

— Des concessions ? répéta Michelle, je ne connais pas ça.

— C'est céder, Michelle ; faites comme moi vis-à-vis de Julie, cédez toujours. »

Michelle remit Goulven à Bengale et, se rapprochant d'Angélique : « Mademoiselle, dit-elle, je ne fais que cela toute la sainte journée. Savez-vous ce que c'est que d'être commandée par une pareille Hurluberlu ?

— Je suis commandée aussi, moi, Michelle.

— Oh ! je le sais bien, par votre pincée de sœur. Mais il n'y a pas d'enfants chez vous, et c'est pour les enfants, voyez-vous, que je suis hors de moi-même.

— Pourquoi ?

— Vous le demandez, Mademoiselle ? Est-ce que vous n'avez pas rencontré Colomban et Corentin tout à l'heure dans la cour ?

— Si, ma bonne, ils m'ont même jeté leur toupie dans les jambes.

— Voyez-vous ! Ils en font bien d'autres aux voisins, *c'est* des plaintes de tout le monde. Et dans la maison, si vous voyiez leur tenue ! Ils sont devenus gourmands, moqueurs, paresseux, méchants.

— Mais, Michelle... »

Michelle fit un grand geste.

« Tout cela de la faute à Mlle Elodie. J'ai de bons yeux, Mademoiselle, je connais le *clan,* comme dit Monsieur. Ces enfants-là étaient joueurs, tapageurs même, mais sans malice. Elle les a perdus en leur faisant faire leurs trente-six volontés ; Agathe est devenue une véritable chipie et ne fait plus œuvre de ses dix doigts. Eh bien, tout cela n'est rien auprès du mal que Mlle Elodie fait à mon pauvre maître !

— Comment ? demanda Mlle Angélique.

— En le prenant par son faible. Nous avons tous un faible, Mademoiselle. Monsieur est un grand chasseur, un grand marcheur. Monsieur se fatigue beaucoup plus depuis son malheur et il arrive ayant soif. Autrefois, je lui servais un grand verre de cidre, et vous savez que le cidre ne se fait pas sans eau. A table également, je remplissais son verre de ce bon petit cidre-là. A présent, tout est changé. Mlle Hurluberlu guette son arrivée et alors ce sont des mines et des grimaces : « Mon cher César, vous paraissez exténué, « vous mourez de soif, un verre de vin vous « fera du bien. » Et il boit un verre de vin. A table, même répétition : « Ce cidre est bien « maigre, mon cher frère, il vous débilitera « l'estomac. Michelle, une bouteille de bor- « deaux à M. du Galadoc. » Et au dessert : « Mon cher César, que prendrez-vous « aujourd'hui, du tafia ou du cognac ? Voici « le flacon. » Avec ce beau système, il se lève de table à moitié gris tous les soirs ; et dire qu'il n'y a que moi et Bengale qui nous apercevions de cela !

— La petite s'en aperçoit ?

— Très bien ! Elle est très douce, mais très fine, et, quand elle peut attraper le flacon, elle ne remplit jamais qu'à moitié le verre de son père, qui, étant déjà lancé, ne s'en aperçoit pas.

— Et que disent les grands fils, Charles et Roland ?

— Ils profitent du gaspillage, et, comme ils ont une autre tête que leur père, étant dans leur pleine jeunesse, personne ne s'aperçoit de rien. Pourtant Roland, que Monsieur appelle Roland le Furieux, mérite joliment bien ce nom. Un rien le met en colère et il tape sur les petits. La maison n'est pas reconnaissable.

— Et c'est pourquoi il ne faut pas la quitter, ma bonne Michelle. Vous êtes nécessaire aux enfants.

— Sans doute, Mademoiselle, il n'y a que moi qui conserve un peu de bon sens dans le clan ; moi et Bengale, car cette petite est la raison même pour son âge. »

Comme elle faisait cette déclaration, la porte s'entre-bâilla et la tête effarée de Colomban apparut dans l'entre-bâillure.

« Mlle Julie demande que Mlle Angélique finisse de jouer à la poupée, » dit-il.

La bonne Angélique se leva précipitamment, baisa la joue de Bengale, fit un amical signe d'adieu à Michelle et rejoignit sa sœur, qui s'en allait, conduite par Elodie.

Leur sujet de conversation n'avait pas varié, on parlait des domestiques.

« Angélique, dit Julie, tu t'informeras demain si la cuisinière de M. le président quitte décidément sa maison.

— Son année finit dans huit jours, répondit Angélique, et notre cousine en a gagé une autre.

— Ma chère Elodie, voilà votre affaire, dit Mlle Julie, cette fille vous convient parfaitement. C'est un cordon bleu à qui un dîner de douze couverts ne fait pas peur. Après son deuil, M. du Galadoc désirera recevoir, et vous aurez à vous louer d'avoir remplacé Michelle qui se mêle de tout, excepté de sa cuisine, par cette Mathurine qui vous sera toute dévouée. »

CHAPITRE IX

LE RENVOI DE MICHELLE

NÉANMOINS rien d'extraordinaire ne se passa dans le clan ; il ne fut pas question du renvoi de Michelle, qui devait soulever tant de passions, et cela uniquement parce que Mlle Julie Bigouldan avait reçu une missive très remarquable de son cousin, le baron Emmanuel Bigouldan, celui qu'Elodie avait toujours considéré comme un fiancé infidèle.

Cette lettre, qui était étrange, la passionna singulièrement. Elle demanda comme une grâce à Mlle Julie de venir dîner un jour chez son beau-frère, uniquement pour la lire au dessert à tout le clan réuni.

Mlle Julie accepta l'invitation et savoura sans remords l'excellent dîner accommodé par la pauvre fille au renvoi de laquelle elle travaillait dans l'ombre, sous prétexte de délivrer son amie d'un tyran domestique.

Elodie, qui avait l'intention d'en arriver aux dîners hebdomadaires, que mangeraient ses amis à elle, avait déployé un certain faste. Les lampes qui ornaient la cheminée avaient été allumées, il y avait de l'argenterie à profusion.

Colomban et Corentin, qui maraudaient vers le buffet, sur lequel était déployé un plantureux dessert, furent séparément placés auprès des demoiselles Bigouldan, ce qui les figea. Agathe, Charlemagne et Roland le Furieux, qui était dans ses jours de grande douceur, se présentèrent convenablement. M. du Galadoc arriva en retard et ne prit pas le temps de changer son habit de chasse. Il avait repris ses exercices violents et ses joues avaient aussi repris leur hâle brillant ; mais qu'il était changé ! Sa gaieté passée avait été remplacée par une humeur bruyante, nerveuse, qui se ressentait de son origine.

« Monsieur rit beaucoup et très haut, disait Michelle d'un air profond ; mais il n'est pas plus gai pour cela, il y a une belle différence entre sa bonne humeur d'autrefois et son *désalmanté* d'à présent, qui vient des petits verres. »

Ce jour-là, il arriva à table le visage fatigué et le regard sombre. Elodie fit un signe à Agathe, qui alla déposer près de son père un petit cruchon ventru, dont la vue le dérida quelque peu. Il contenait une liqueur des îles qu'Elodie avait empruntée à la cave de sa tante.

Au début, il la mélangea avec de l'eau ; mais bientôt il but petit verre sur petit verre et il ne restait plus de traces de la mélancolie de l'arrivée quand le dessert parut sur la table.

C'était le moment attendu.

« Mon cher César, dit Elodie, nous vous ménageons une surprise. Vous vous rappelez sans doute Emmanuel Bigouldan ?

— Elodie, pouvez-vous demander cela ? Emmanuel et moi nous n'étions pas deux amis, mais deux frères.

— Eh bien, il a écrit à Julie.

— Rien de plus naturel, » dit M. du Galadoc.

Et, saisissant le cruchon par le col, il ajouta : « Si nous buvions à sa santé ?

— Attendez, dit Elodie, il faut d'abord écouter la lecture de sa lettre. Charles, Roland, où allez-vous ? »

Les jeunes gens se regardèrent en se pinçant les lèvres : ils ne pouvaient pas dire que la correspondance de Mlle Bigouldan ne leur inspirait aucun intérêt.

« Messieurs, dit Mlle Julie, qui ôtait délicatement la lettre de son épaisse enveloppe, mon cousin Emmanuel m'écrit d'Afrique, et il est question de lions dans sa lettre. »

Immédiatement des rugissements se firent entendre : c'étaient Colomban et Corentin qui imitaient les lions de leur mieux.

« César, ordonnez donc à Colomban et à Corentin de se taire, dit Elodie, qui essayait en vain d'arrêter les rugissements. Si on les renvoyait ?

— Non, dit M. du Galadoc avec une gravité un peu suspecte, je veux que tout le clan écoute la lettre d'Emmanuel, qui était plus que mon ami, mon frère, » ajouta-t-il avec une sensibilité plus suspecte encore.

Les enfants se turent, et Mlle Julie, dépliant la lettre, en commença la lecture d'une voix nasillarde. L'étrangeté du style et celle des aventures contenues sur ce papier excitèrent bien vite l'attention des grands, et les petits écoutèrent avec non moins d'intérêt ce récit incohérent et fabuleux.

M. Emmanuel Bigouldan annonçait que ses affaires prenaient une telle extension, son influence sur cette partie de l'Afrique une telle puissance, qu'il avait été en quelque sorte forcé de s'échapper pour revenir en Europe. Les noirs l'avaient proclamé roi et son investiture n'était qu'une question de temps. S'il montait sur un trône, ce n'était pas pour en être précipité tout de suite par des sujets un peu barbares. C'est pourquoi il venait recruter assez d'Européens pour lui former une armée régulière. Il voulait aussi fonder une Société financière qui s'occuperait d'extraire les immenses richesses du sol.

A ce sujet, il y avait deux pages qui semblaient empruntées aux contes des *Mille et une Nuits*.

Il lui arrivait d'écraser sous son talon des

cailloux au cœur desquels brillaient des diamants, il en apportait à ses cousines; l'or se voyait en paillettes longues comme le doigt dans le lit de ses fleuves. Son futur royaume possédait d'innombrables cours d'eau, tous aurifères. Les éléphants étaient aussi nombreux dans ses forêts que les chevreuils dans les bois de Questernac.

Les lions l'avaient gêné pendant quelque temps; mais il avait organisé des battues contre les rois du désert.

Dans une autre page qu'il intitulait : Page d'affaires, il donnait à grands traits l'organisation de la Société, qu'il appelait : « Société des mines d'or et de diamants de Blackboulala. »

Il céderait quelques actions à ses amis de Questernac, mais en petite quantité, un très grand nombre étant déjà souscrit en Algérie, en Espagne et même en France.

Il venait à Questernac uniquement pour voir ses parents et ses amis, il ne passerait que deux jours chez ses bonnes cousines Bigouldan. Les ingénieurs l'attendaient à Londres pour le tracé d'un chemin de fer tout à fait nécessaire pour transporter les richesses de Blackboulala au port voisin qui dépendait de son empire. Il avait dû accepter la couronne qui lui était offerte; mais il se refusait à la ceindre tout de suite, cette couronne qu'il serait seul à porter.

« Qui aurait jamais cru qu'il y aurait un roi dans notre famille? dit Mlle Julie en repliant l'immense lettre.

— Vous aviez toujours bien auguré d'Emmanuel, dit Angélique.

— C'est vrai; dans la famille, j'affirmais qu'il deviendrait quelque chose de grand. Il était pétri d'esprit naturel, mais détestait l'esclavage des collèges. »

Des applaudissements éclatèrent. Le clan, lui aussi, détestait violemment le collège.

« César, dit Elodie, vous venez de nous le dire, M. Emmanuel était votre ami; que pensez-vous de ses extraordinaires aventures? »

Le chef du clan s'adossa à son siège, et, continuant de démêler avec ses doigts sa longue barbe grise :

« Je pense qu'Emmanuel est toujours un farceur, dit-il, et que ses lions, son royaume, ses diamants sont une vaste blague.

— Mon père, dit Charles en riant, nous pensons absolument comme vous. »

Elodie et Julie échangèrent un regard plein de dépit et Mlle Angélique, ayant pitié de leur embarras, mit la conversation sur un autre terrain.

On passa dans le salon, où le café fut servi. Les demoiselles Bigouldan n'acceptèrent pas de prolonger la soirée. Mlle Julie ne pouvait digérer la boutade de M. du Galadoc, et son mécontentement était aussi vif que celui d'Elodie.

« Je ne vous retiens pas, glissa-t-elle à l'oreille de Julie, ce pauvre César a été stupide. Ne dites mot de cela à Emmanuel.

— Je m'en garderai bien, dit Julie, il ne mettrait pas les pieds chez lui.

— Vous me ferez avertir de son arrivée, ma chère Julie.

— Je vous inviterai à déjeuner ou à dîner avec lui. Naturellement, je n'inviterai pas M. du Galadoc.

— Il n'accepterait pas; mais son deuil n'est pas le mien. Donc comptez sur moi. »

Elles se séparèrent et Elodie revint toute pensive vers le salon, ayant l'incartade de son beau-frère sur le cœur et disposée à faire retomber sa mauvaise humeur sur quelqu'un.

Pendant son absence, le clan avait mis la cave à liqueurs au pillage et il était tout entier d'une gaieté de mauvais aloi.

M. du Galadoc chantait d'une voix chevrotante la romance de Marie Stuart; Charles et Agathe tapaient à quatre mains sur le piano, Roland le Furieux s'escrimait avec une canne comme avec un fleuret, Colomban et Corentin se vautraient sur le tapis : Bengale seule manquait à l'appel.

Elodie jetait un coup d'œil inquisiteur autour d'elle, ne sachant à qui s'en prendre et sur qui jeter sa colère, quand la porte s'ouvrit devant Michelle, qui, inconsciemment, venait s'offrir au rôle de bouc émissaire.

« Quel tapage! dit-elle; aussi je ne m'étonne point que Castor se soit mis de la partie et aboie comme un enragé. Monsieur, ayez la bonté de ne pas chanter si fort, le chien reconnaît votre voix, c'est sûr, et vous, monsieur Charles, ne cassez pas le piano, s'il vous plaît. »

Elle marcha vers le guéridon où se trouvait la cave ouverte et vide.

« Comment! s'écria-t-elle, on a bu toute l'anisette et tout le curaçao, et toute la chartreuse? Mademoiselle, vous n'étiez donc pas là?

— J'y étais, dit Elodie, allez-vous me mettre sur la sellette?

— Ces pauvres enfants! » reprit Michelle.

Elle se baissa pour relever Corentin, qui lui échappa et se mit à rouler sur le tapis comme une boule.

« Monsieur, monsieur, s'écria-t-elle, dites donc à ces enfants de se relever. Est-ce qu'ils vont rester étendus comme des veaux, là, toute la soirée? »

Elodie lui montra la porte.

« De quoi vous mêlez-vous? dit-elle. Vous oubliez que M. du Galadoc et moi sommes ici pour commander aux enfants et que cela ne vous regarde pas.

— Vous appelez ça commander, Mademoiselle? dit Michelle avec emportement; vous vous chargez de ces enfants et vous les laissez se griser. »

Elle en avait trop dit, Elodie saisit la balle au bond.

Elle s'élança vers son beau-frère.

« César, dit-elle, entendez-vous ce que dit votre cuisinière?

— Non, bégaya-t-il.

— Elle dit que vous êtes gris, que les enfants sont gris. »

M. du Galadoc qui en était arrivé à la phase aiguë, se redressa et avec une risible majesté il dit :

« C'est faux.

— Oui, c'est faux, » cria le clan.

Et le clan se réunit pour entourer le fauteuil paternel, et ce fut à qui ferait la plus laide grimace à Michelle.

« Ce soir, vous avez dépassé toutes les bornes, reprit Elodie, s'empressant de battre le fer pendant qu'il était chaud; il m'est impossible de laisser insulter ma famille par une domestique. César, me permettez-vous de la renvoyer ?

— Parbleu ! » dit-il.

Et il ferma les yeux, le bruit le portant au sommeil.

« Vous entendez ? dit Elodie; mon beau-frère, qui est bien le maître, vous congédie; allez faire vos paquets.

— Oui, oui, va-t'en, crièrent les enfants en chœur, va-t-en, Croquemitaine. »

Michelle, perdant à son tour, dans son émotion, le sens réel de cette scène, s'élança vers M. du Galadoc.

« Monsieur, dit-elle d'une voix pleine de larmes, vous me renvoyez pour de bon, vous ?

— Oui, oui, grogna-t-il, va-t'en. Elodie a raison, tu grondes trop les enfants.

— Là ! êtes-vous sûre de votre affaire ? Faudra-t-il vous renvoyer par les deux épaules ? fit Elodie avec insolence.

— Non, dit Michelle, je partirai demain, Mademoiselle. Vous en êtes venue à vos fins, à l'aide de la boisson, ce qui est une honte. Vous direz ce que vous voudrez, mais depuis Monsieur jusqu'à Corentin, ils sont tous gris ce soir.

— Vous entendez, mes enfants ? dit Elodie; elle vous traite d'ivrognes. »

Les enfants s'élancèrent vers Michelle et la poussèrent vers la porte en lui criant sur tous les tons :

« Va-t'en, va-t'en. »

Avant de sortir elle se retourna :

« Mes pauvres enfants, vous faites de mauvaise besogne ce soir, dit-elle; je m'en irai, mais en vous pardonnant, parce que je sais qui vous a excités contre moi, et aussi parce que vous n'avez pas toute votre raison.

— Elle n'en démordra pas, » dit Elodie.

Et s'élançant vers la porte :

« Suis-je ivre aussi, cria-t-elle, moi qui vous donne votre congé ?

— Vous, dit Michelle, furieuse à son tour, vous avez bu aussi, d'une autre boisson où il n'entre ni pomme, ni raisin, mais jalousie et méchanceté. »

Elle avait à peine prononcé ces paroles, qu'elle recevait une poussée qui lui faisait brusquement franchir le seuil.

La porte se referma derrière elle.

« Cette fois, ce sont eux, dit-elle; ce n'est pas elle, il faut décamper. Je le vois bien, je suis de trop ici. Je vais faire mes bagages, car je mourrais de chagrin, je crois, si je sentais la main de ces chers enfants me pousser dans la rue. »

Elle se sauva vers sa mansarde et pour la dernière fois regarda dormir Goulven.

CHAPITRE X

COURTE VICTOIRE

Quels rêves délicieux bercèrent Elodie, cette nuit-là ! Le triomphe qu'elle avait remporté sur Michelle avait mis le comble à son excitation nerveuse et son sommeil s'en ressentit. Nulle imagination en délire n'aurait pu inventer les visions qui l'assiégèrent. A peine avait-elle fermé les yeux qu'elle se trouva transportée à Blackboulala, en pleine Afrique. Le soleil était de feu, les arbres avaient des feuilles d'or, le sol était un tapis de fleurs sur lequel roulaient des diamants. Elle aurait voulu en ramasser ; mais elle se trouvait perchée sur un éléphant. Tout à coup, un lion furieux apparaissait, secouant sa fauve crinière ; Elodie se meurtrissait le bras à frapper sur son éléphant qui ne bougeait pas plus qu'un terme, quand le lion fit un bond, et sur la trompe de l'éléphant se dressa un beau monsieur, le baron Emmanuel Bigouldan en personne.

O surprise ! il sortait de ce lion, en habit noir, ganté de jaune, comme il était apparu à Elodie dans la cruelle soirée des adieux ; une couronne d'or étincelait sur sa tête.

Et ils voyagèrent ainsi, traversant des forêts bleues, jusqu'au moment où un faux pas de l'éléphant jeta Emmanuel par terre, où il s'écrasa comme une chenille, ce qui fit jeter un tel cri à Elodie qu'elle se réveilla. Tout le fantastique de sa vision s'évanouit ; mais non point le fond, qui était le tendre souvenir qu'elle avait conservé au baron ; elle se sentait de plus en plus émue à la pensée de le revoir. Tout en s'habillant, elle essayait de rajuster les morceaux épars de son rêve, et c'était sans rire qu'elle s'y plongeait pour y découvrir un augure.

Quand ses ablutions lui eurent refroidi le cerveau, elle arracha avec peine à son imagination cette riche pâture, et ne pensa plus qu'au renvoi de Michelle et à la nécessité pratique de la remplacer. Elle consulta un petit carnet, afin de se rendre compte de ce qui lui était dû, prit l'argent et se rendit à pas de loup à la cuisine. Celle-ci était éclairée et Michelle se plongeait jusqu'aux épaules dans un grand coffre de sapin.

Elodie dissimula sa joie, poussa brusquement la porte et, déposant un petit tas de pièces d'argent sur la table, elle dit sèchement : « Voici vos gages. »

Michelle retira du coffre son visage boursouflé par les larmes et l'insomnie.

« Quel malheur que ce soit votre main qui me donne cet argent ! s'exclama-t-elle. J'ai perdu la meilleure des maîtresses, et j'espère que le bon Dieu lui cache le nom de celle qui tient sa maison et élève ses enfants, car elle ne durerait pas en paradis. »

Un rire ironique fut la réponse d'Elodie, qui sortit et s'en alla vers la rue des Pignons.

Il fallait avertir son amie Julie de son succès et courir à la recherche d'une autre cuisinière qui ne fît pas trop regretter Michelle. Elle s'en alla donc d'un pied léger vers cette maison à l'air revêche qui opposait doubles rideaux aux rayons du soleil et au regard des passants, et dont la façade endormie faisait machinalement bâiller ceux qui la regardaient.

Elodie releva doucement la tête grimaçante qui servait de marteau, et frappa un coup discret.

Dans cette maison, silencieuse comme un tombeau, le moindre bruit faisait tapage ; bientôt les verrous grincèrent et la lourde porte verte s'entr'ouvrit :

« Ciel ! ma chère, vous à cette heure ? dit la voix de l'invisible personnage qui entrebâillait la porte. Entrez vite, notre maison ne s'ouvre jamais si matin. »

Elodie s'engouffra dans le corridor, où elle trouva son amie Julie en toilette de nuit, mais la curiosité déjà éveillée.

Pendant qu'Elodie racontait avec détails ses tribulations domestiques et la victoire qu'elle avait remportée, le clan se réveillait et la vieille maison s'emplissait de gaieté. D'une chambre à l'autre on se souhaitait bruyamment le bonjour. Au réveil, généralement on était aimable et Agathe elle-même criait de toutes ses forces à travers la cloison : « Bonjour, papa ; bonjour, frères. »

Elle occupait avec Bengale une vaste chambre, placée avec intention entre l'appartement de Charles et de Colomban et celui de Roland et de Corentin. On avait sagement dédoublé grands et petits pour éviter les pugilats.

Bientôt ce furent des courses folles dans le corridor et dans la chambre paternelle. On se hélait, on se poursuivait, et l'ordre ne se fit que lorsque M. du Galadoc parut, son fusil sur l'épaule et ses grosses bottes aux pieds.

En passant devant la chambre de ses filles, il frappa à la porte et Agathe vint l'embrasser. « Où est Bengale ? » dit-il.

Bengale ! Agathe ne savait jamais ce qu'elle devenait le matin.

« Avec son petit Goulven, sans doute, » dit-elle.

M. du Galadoc passa et descendit dans la salle à manger, ayant sur ses talons Roland et Corentin.

A la porte de la salle à manger, il s'arrêta surpris. L'appartement avait encore les volets fermés. « Ouvre, Roland ! » commanda-t-il

Et Roland ayant ouvert, on aperçut la table chargée de vaisselle ; un trousseau de clefs était posé au milieu.

Ordinairement M. du Galadoc se rencontrait avec Michelle, occupée à mettre le couvert pour le petit déjeuner du matin. Elle était là, accorte, active, s'occupant de tout et de chacun, avec un entrain qui ne se démentait pas.

« Que signifie ceci ? dit M. du Galadoc en fronçant le sourcil. Appelle Michelle, Corentin. »

Le petit garçon ouvrit la porte de communication et revint presque aussitôt.

« Michelle n'est pas là, dit-il, le feu n'est pas allumé, et Bengale est triste. »

M. du Galadoc, Roland et Charles qui venaient d'arriver, marchèrent vers la cuisine. Bengale debout, auprès de la table, pleurait silencieusement.

« Que signifie ceci ? dit M. du Galadoc ; où est Michelle ?

— Goulven a crié, papa, répondit Bengale, et cela l'a empêchée de partir ; sa caisse est à la porte.

— Partir ?... sa caisse ?... » répéta M. du Galadoc.

Agathe, qui venait d'entrer, répondit :

« Vous avez oublié qu'elle est congédiée, papa.

— Congédiée ?

— Par ma tante Elodie, dit Roland furieusement.

— Et par papa, ajouta malignement Agathe.

— Moi, j'ai renvoyé Michelle ? reprit M. du Galadoc en passant la main sur son front ; ah ! oui il y a eu je ne sais quelle dispute hier soir, et j'ai dit à Elodie et à vous, mes enfants : Renvoyez-la... du salon.

— C'est ce que nous comprenions aussi, mon père, s'écria Charles.

— Et nous, ajoutèrent Colomban et Corentin.

— Je le lui ai dit, s'écria Bengale ; mais elle n'a pas voulu me croire, et, ma tante lui ayant donné ses gages, elle allait partir. Heureusement que Goulven a crié. Vous ne la renverrez pas, n'est-ce pas, papa ? Si vous voyez comme elle est bonne pour Goulven.

— La renvoyer... moi ? dit M. du Galadoc ; jamais !

— Jamais ! » répéta le clan.

Michelle entrait en s'essuyant les yeux. Elle crut qu'ils étaient tous venus lui dire adieu et son cœur se brisa.

« Ma bonne, s'écria Bengale en se suspendant à son bras, papa ne vous a pas renvoyée, ni nous non plus, jamais. »

Michelle regarda son maître.

« Pour une plaisanterie, tu as eu cette méchante idée ? dit-il. As-tu donc oublié les recommandations que t'a faites celle que Dieu a rappelée à lui, pour notre malheur à tous ?

— Monsieur, je vivrais cent ans que je n'oublierais pas une de ses paroles, s'écria Michelle en fondant en larmes.

— Tu t'en allais cependant, reprit M. du Galadoc, et que deviendrait ce pauvre enfant que nous ne pouvons aimer comme il le faudrait ?

ÉLODIE FIT CETTE NUIT-LA DES RÊVES DÉLICIEUX

MICHELLE ENTRAIT EN S'ESSUYANT LES YEUX

— Mais, monsieur, ce n'est pas moi qui m'en vais, cria Michelle, c'est vous qui, hier soir, m'avez renvoyée.

— Du salon, cria le clan avec ensemble.

— Oui, du salon, répéta M. du Galadoc en haussant les épaules ; du salon, mauvaise tête. Et quand ce serait de la maison, je te dirais de ne pas y faire attention ; nous sommes des têtes chaudes, que diable ! et le nom est ma foi bien porté par tout le clan. Tête chaude, Michelle, mais bon cœur.

— Et cet argent ? » dit Michelle, qui commençait à se laisser persuader.

Elle jeta sur la table six pièces de cinq francs, et ajouta :

« On m'a dit : « Voilà vos gages, partez ».

— Ventre-saint-gris ! s'écria M. du Galadoc exaspéré, qui donc commande et paye et congédie mes domestiques en mon absence ?

— Celle-là n'est pas loin, Monsieur, dit Michelle en désignant d'un doigt vengeur Elodie qui entrait.

— C'est vous, Elodie, qui avez congédié Michelle, dit brusquement M. du Galadoc, et qui lui avez payé ses gages ?

— Je l'ai congédiée avec votre consentement, César, répondit-elle aigrement, et je l'ai payée de mon argent, ne voulant pas vous déranger à cette heure indue.

— C'eût été bien inutile. Michelle a passé avec le clan un bail qui ne finira pas de sitôt. Vous avez pris trop à la lettre une plaisanterie faite après un dîner trop bien arrosé. Et cette mauvaise tête de Michelle s'est emballée à son tour.

— Il faut donc rester, Monsieur? dit Michelle.

— Oui, oui, oui, cria le clan.

— Elodie, elle attend une bonne parole de vous, dit M. du Galadoc, qui s'était rapproché de sa belle-sœur.

— Vous croyez? Etes-vous naïf? César. Elle se moque bien de moi, se voyant soutenue par vous et ces enfants qui la mettaient à la porte hier soir avec tant d'entrain.

— A la porte du salon, ma chère ; aucun d'eux ne la mettrait à la porte de la maison. Comme me le disait ma pauvre Hermine, c'est la fidélité et le dévouement incarnés. Ma femme et elle se sont connues tout enfants.

— Nous avons fait nos communions ensemble, dit Michelle les yeux humides ; la belle demoiselle était bien bonne pour la petite fille du sabotier. »

M. du Galadoc regarda Elodie.

« Voyez, dit-il d'une voix émue ; elle ne peut encore parler d'Hermine sans pleurer. La renvoyer ! impossible !

— Eh bien, gardez ce précieux trésor, s'écria Elodie ; mais laissez-moi retourner chez ma tante. Choisissez entre moi, Elodie de Braqueval, et elle ! »

Et, d'un geste méprisant, elle indiquait Michelle.

La moutarde commençait à monter au nez du chef du clan. Les scènes prolongées font éclater les têtes chaudes. Il remit sur sa tête sa toque fourrée, qu'il avait ôtée à l'entrée d'Elodie, et répondit d'un ton gouailleur :

« Ma chère, je ne vous ai point priée de venir : retournez là où vous étiez, si vous vous y trouvez mieux. Personne ici ne s'en plaindra. » Et se détournant vers Michelle :

« Ventre-saint-gris ! à tes fourneaux, commanda-t-il, et que le café soit servi dans dix minutes, un quart d'heure au plus. »

Et il sortit de la cuisine.

Elodie s'en alla également, suivie par la seule Agathe, qui craignait d'autant plus son départ que ses frères l'avaient menacée de la punir d'avoir déserté la cause de Michelle, qui était leur cause à eux. Ce fut à elle qu'Elodie se raccrocha pour éviter d'être prise au mot. Elles organisèrent une petite scène sentimentale qu'elles jouèrent l'après-midi de ce jour appelé désormais dans le clan : la journée des malles, Elodie ayant fait porter ostensiblement la sienne dans la cour.

Agathe se jeta au cou de sa tante, quand celle-ci parut, le chapeau sur la tête et le parapluie à la main. Elodie essaya de fondre en larmes, et il ne fallut qu'un mot cordial de M. du Galadoc, qui lui dit simplement : « Elodie, vous avez tort de quitter le clan. » pour l'amener à composition ; elle promit solennellement à Agathe de ne jamais la quitter et le tour était joué.

Le gouvernement de la maison se sépara en deux divisions distinctes : Elodie gouverna, mais en demeurant invisible, et Michelle, de son côté, opéra de loin. Bengale eut l'esprit de mettre sa mince personne entre les deux puissances belligérantes et il fut convenu qu'elle servirait d'interprète ou de secrétaire à Michelle qui ne savait ni lire ni écrire, ce qui ne contribuait pas peu à laisser intacte son solide bon sens.

Le lendemain, tout avait repris sa marche ordinaire dans le clan. Epées et coutelas étaient remis dans le fourreau. La langue seule, cette arme perfide, continua de fonctionner dans l'ombre et de produire ces infiniment petites blessures qui, mises au grand jour, deviennenent de larges plaies souvent incurables.

CHAPITRE XI

L'ARRIVEE ET SES EMOTIONS

QUELLE ne fut pas l'émotion d'Elodie de Braqueval en recevant, vers deux heures de l'après-midi, un billet ainsi conçu :

« Grande nouvelle, ma chère Elodie. Il arrive. Je suis encore sous l'impression de cette dépêche saisissante.

« Le plus grand secret m'est recommandé. Il craint sans doute de faire des jaloux, et il a bien raison, notre ville en est remplie. Mais vous viendrez partager notre joie, vous viendrez, en grand mystère, dîner avec ce cher cousin. C'est la surprise que je lui ménage. Je serais allée vous porter mon invitation, mais je ne puis quitter la maison : vous connaissez l'incapacité et la maladresse d'Angélique. Or je veux recevoir mon cousin, non pas en roi, je n'ai pas cette prétention, mais en personnage important. Et quand ma vaisselle de Sèvres quitte ses armoires, il faut que je sois là. Je compte sur vous, ma chère Elodie; vous trouverez bien un prétexte pour dépister la curiosité du clan.

« Ah ! que je vous admire de rester de plein gré chez des gens aussi insupportables.

« Mettez dans votre poche les belles cuillers en vermeil de cette pauvre Hermine. Au dessert, cela fera bon effet.

« En toute hâte, je me dis

« Votre vieille et fidèle amie,

« JULIE. »

Elodie, à la lecture de cette missive, faillit perdre tout son sang-froid.

Elle se précipita hors de sa chambre, sa lettre à la main; mais la pensée du secret qui lui était recommandé lui revint tout à coup. La lettre disparut dans sa poche, et elle sonna Vincente, qui cousait dans la lingerie. Dans le plus grand mystère elle la chargea de sa réponse, qu'elle n'avait pas le temps d'écrire. Il fallait qu'elle courût chez les demoiselles Bigouldan, dire... que... ce que... Elle s'arrêta.

Elle aurait bien voulu déverser le trop-plein de sa joie dans le sein de la campine; mais dévoiler ce secret, c'était sans doute créer des embarras à ce magnifique Emmanuel.

Elle chercha donc une phrase ambiguë.

« Vous direz que.... Vous répondrez que...

— Que... quoi, mademoiselle ?

— Vous direz : oui... rien que oui. Vous entendez, je réponds : oui.

— Mademoiselle n'a plus confiance en moi, dit Vincente en pinçant la bouche; les demoiselles Bigouldan ont accaparé Mademoiselle.

— Ma chère Vincente, j'ai la plus grande confiance en vous ; mais j'ai la langue liée par un serment solennel. Demain, vous saurez tout. »

Sur cette promesse, Vincente décampa.

Le reste de l'après-midi fut employé à disposer la toilette. Jadis Elodie déjeunait avec le jeune baron en robe de toile; mais un souverain ! Il fallait paraître avec éclat.

Elle avait dit dans la maison que sa tante de Gourbin l'avait priée d'aller dîner avec elle, et qu'elle était obligée de se rendre à son invitation. Un peu après cinq heures, elle s'enveloppa d'un manteau qui cachait sa belle toilette, remonta un vaste capuchon qui dérobait à la vue des curieux les roses piquées dans ses cheveux, et en cet équipage quitta le clos.

« Mademoiselle nous croit bien simples, dit Michelle à Vincente, qui rôdait par la cuisine; elle ne met point des escarpins, ni des gants si clairs, ni tant de franfreluches, pour aller dîner chez Mme sa tante. Savez-vous où elle va, Vincente ?

— Je le sais, dit Vincente glorieusement; mais il m'est défendu de le dire. »

— Ces gens-ci n'aiment que les mystères, grommela Michelle, je ne pourrais pas vivre à cachotter comme cela. »

Croyant son secret bien gardé, Elodie, après avoir fait une fausse sortie vers le sentier du vallon, se dirigea vers la rue des Pignons. Il faisait un froid sec, les pavés brillaient comme du marbre, la lune glissait sa pâle clarté entre les angles aigus des pignons noirs; mais la rue était étroite, ce qui la rendait sombre, malgré la lune.

Elodie marchait sans défiance, rasant les maisons closes. Tout à coup une grande ombre d'homme encombra la rue, et à son accoutrement elle reconnut son beau-frère.

Son pas sonore résonnait sur les pavés, et sa haute silhouette se dessinait, agrandie, sur les murs blancs.

Il passa près d'Elodie sans la reconnaître : mais Castor, flairant une connaissance, s'élança vers elle en aboyant de joie. Il fallut que son maître, non seulement le sifflât énergiquement, mais vînt la saisir au collier.

En arrivant auprès d'Elodie qui s'enfuyait, M. du Galadoc se découvrit et s'écria :

« Pardon, madame; mais ne craignez rien, il est plus turbulent que méchant. »

Elodie répondit en pressant le pas, ce que M. du Galadoc mit sur le compte de la frayeur.

Quelques bons coups de cravache adoucirent chez Castor l'envie d'aller caresser les passants, et il suivit son maître, la tête basse et la queue entre les jambes, comme un coupable qu'il n'était pas, car si il avait pu aboyer : « C'est Elodie, j'ai reconnu Elodie, » la correction lui eût été épargnée.

Celle-ci était arrivée chez ses amies Bigouldan.

La maison, ordinairement silencieuse et sombre, avait un air de fête. Les vitres de l'imposte placée au-dessus de la porte d'entrée laissaient deviner l'illumination du corridor.

Elodie frappa, la porte fut discrètement ouverte, elle entra toute haletante de sa course, et se laissa tomber sur une banquette.

De là, elle admira les salons magnifiquement éclairés et Julie Bigouldan, en robe de soie orange, ornée de vieux bijoux à l'épaisse monture.

Elle aida Elodie à se débarrasser de ses vêtements de sortie, la félicita d'avoir montré tant de sang-froid lors de la rencontre de M. du Galadoc et de son chien aux sottes tendresses, et l'introduisit dans le salon, où Angélique finissait de mettre au jour l'ameublement de velours d'Utrecht, ordinairement voilé sous des housses de calicot blanc.

Angélique ne s'était pas mise en frais de toilette, et Elodie en ayant fait la remarque à Julie, celle-ci poussa un gros soupir et, l'entraînant dans l'embrasure de la croisée, lui dit :

« Ma chère, il faut une patience d'ange avec elle : c'est la contradiction personnifiée. Croiriez-vous qu'Emmanuel est devenu sa bête noire, depuis qu'elle nous voit occupées de lui? Peut-être cache-t-elle son jeu et est-ce uniquement la jalousie qui la possède. C'est une pauvre intelligence, et les grandeurs de notre cousin la troublent.

« Vous savez que le journal qui accompagnait la lettre contient des détails magnifiques. Tout est plus avancé qu'il ne l'avoue. Ses sujets, c'est imprimé en toutes lettres, ses sujets l'ont conduit jusqu'au vapeur, où il a dépouillé ses vêtements royaux et ôté sa couronne. Les pages, pris dans les principales familles du pays, les ont reportés à Blackboulala, dans le garde-meuble. Il a nommé un régent. Enfin, ma chère Elodie, c'est la souveraineté.

« Comment me conseillez-vous de l'appeler : Sire, Majesté, ou tout simplement Monseigneur?

— Qu'en pensez-vous vous-même, Julie ?

— Rien. J'attendais votre arrivée. Angélique m'a ri au nez quand je lui ai posé la question, et m'a dit qu'elle l'appellerait Emmanuel, comme autrefois. Moi, je trouverais cela ridicule. Mais je vous emmène dans ma chambre, vous allez lire le journal, très bien imprimé vraiment. »

Elles quittèrent le salon et gagnèrent la chambre de Julie. Le journal de Blackboulala fut confié à Elodie, qui le lut d'un bout à l'autre, et fit remarquer à Julie qu'on traitait son cousin de Majesté.

« Je le vois bien, repartit Julie; mais, comme il voyage incognito, nous ne pouvons le traiter ainsi. Je penche pour Monseigneur.

— Va pour Monseigneur, » dit Elodie.

Et se levant tout à coup :

« Ecoutez, » dit-elle.

On entendait dans la rue le roulement rapide d'une voiture et un gai carillon de grelots. Elles ouvrirent la fenêtre et aperçurent une chaise de poste qui s'arrêtait devant la maison.

« C'est lui, dit Mlle Julie en rajustant sa coiffure, je cours le recevoir. »

Elle descendit vivement l'escalier, éclairé par une lampe placée dans une encoignure. La porte extérieure s'ouvrait sous la main d'une servante, et deux hommes emmitouflés jusqu'aux yeux faisaient leur entrée.

« Emmanuel! s'écria Mlle Julie, oubliant toute étiquette, et se précipitant vers celui qui s'avançait le premier.

— Ma chère cousine! » répondit-il d'une voix vibrante.

Et il l'embrassa sur les deux joues.

« Je me suis permis de vous amener mon secrétaire intime, señor Eusebio de Miraba del Palastro, » ajouta-t-il.

Mlle Julie fit une profonde révérence au secrétaire, qui s'inclinait jusqu'à terre. En ce moment un autre personnage encombra la porte, avec une valise dont les cuivres brillaient comme de l'or.

« Je suis devenu esclave de l'étiquette, ma chère cousine, reprit l'arrivant; du reste je ne saurais m'asseoir à votre table en habit de voyage. Si vous voulez bien faire montrer mon appartement à mon valet de chambre....

— Certainement, » interrompit Julie.

Et s'adressant à la servante qui semblait figée contre la porte :

« Annette, dit-elle, conduisez Monseigneur à son appartement. »

Il y eut un nouvel échange de saluts, et Monseigneur s'en alla avec son secrétaire et son valet de chambre, un noir du plus beau vernis.

Julie entra dans le grand salon, où Angélique tricotait paisiblement. Elle en fit le tour fiévreusement, pour s'assurer que tout était en ordre, et elle revenait vers sa sœur, quand la porte s'ouvrit devant Elodie, qui se présenta avec une grande dignité, croyant se trouver face à face avec le roi de Blackboulala.

« Eh bien, demanda-t-elle en retombant soudain dans une attitude naturelle, ce n'est donc pas lui?

— C'est lui, ma chère; seulement, habitué à l'étiquette, il a voulu faire toilette pour dîner.

— Est-il changé?

— Du tout au tout, à son avantage. Il a une barbe noire superbe et quelque chose de vraiment royal dans le maintien. S'il n'avait pas été aussi affectueux, il m'aurait bien déconcertée.

— Et comment l'avez-vous appelé ?

— Emmanuel. Cela m'a échappé ; mais tout à l'heure j'ai placé un « Monseigneur » qui a passé comme une lettre à la poste.

— Moi, je l'appelerai, comme autrefois, Monsieur Emmanuel, dit Elodie ! j'y ai réfléchi. Monseigneur serait trop cérémonieux.

— C'est aussi mon avis, dit Angélique.

— Dans tous les cas, il sera Monseigneur pour les domestiques, dit Julie ; ne l'oubliez pas, Angélique.

— Le plus sûr sera de me taire, répondit Angélique en souriant ; tout cela me paraît une comédie, une véritable comédie. »

Julie et Elodie haussèrent les épaules de concert et se retirèrent un peu à l'écart, afin de ne pas mêler à leur conversation une personne aussi bornée. Tout à coup la porte de la salle à manger s'ouvrit brusquement.

« Les v'là ! » cria Annette.

Et elle disparut, échappant aux critiques que méritait sa vulgaire présentation.

Julie et Elodie se redressèrent sur leur fauteuil et feignirent de regarder les petites miniatures accrochées contre la boiserie de la cheminée ; puis, elles se détournèrent en entendant la porte claquer contre la muraille et faillirent jeter un cri.

Le valet de chambre, en livrée rouge, ses culottes courtes attachées aux genoux par un ruban d'or, tenait la porte ouverte devant son maître, qui s'avançait éblouissant.

Son costume, qui tenait de l'uniforme et de l'habit de cour, était déjà par lui-même fort élégant ; mais ce qui lui donnait une souveraine splendeur, c'étaient les décorations dont il était parsemé. Une écharpe de soie blanche frangée d'or était passée en sautoir, un collier qui paraissait un tissu de diamants ornait son col, et un petit éléphant d'ivoire reposait sur le plastron de la chemise.

Le secrétaire avait aussi un uniforme, mais ne portait pour toute décoration qu'un éléphant minuscule accroché à sa boutonnière en guise de ruban. Il était, de plus, paré de larges lunettes bleues.

Elodie reçut dans un éblouissement les marques de reconnaissance du baron, qui lui baisa galamment la main.

Cet homme, qui, avec son épaisse barbe noire, son front très vaste, aux arcades sourcilières profondes, son regard sombre et ardent, rappelait un type de bandit, avait parfois une physionomie caressante et une voix musicale qui le rendaient fort séduisant.

Quelques paroles banales furent échangées et le baron offrit son bras à Mlle Julie, qui s'en allait vers la salle à manger grandie de deux pouces. Le secrétaire conduisit Elodie, Angélique ayant disparu.

Le valet de chambre se plaça derrière la chaise de son maître, à la stupéfaction d'Annette, qui se creusait la cervelle pour deviner ce qu'il restait faire là

La conversation ne fut qu'un résumé rétrospectif sur la ville et ses habitants. Le baron et même son secrétaire questionnaient beaucoup ces dames.

« Mademoiselle Elodie, dit tout à coup le baron, donnez-moi des nouvelles de cette belle Hermine de Braqueval, devenue, au grand désespoir de plusieurs de mes amis, Mme du Galadoc.

— Hélas ! nous l'avons perdue, monsieur le baron.

— Ah ! Et lui, Galadoc ? Comment va-t-il ? S'il n'est pas mort, il doit passer sa vie à la chasse. »

On admira sa pénétration. M. du Galadoc, en effet, ne faisait autre chose que de chasser.

LE COSTUME D'EMMANUEL TENAIT DE L'UNIFORME ET DE L'HABIT DE COUR

« Je me rappelle fort bien sa maison appelée le clos d'Ahault, reprit le baron, j'y ai passé d'heureux moments.... »

Et il lança un coup d'œil à Elodie, qui sentit ses roses osciller sur sa tête.

« Mais cette vie-là ne pouvait me convenir, reprit-il ; il me fallait l'espace, les grandes aventures, les monstres d'Afrique.

— Et une couronne, » ajouta finement Julie.

Il eut un beau geste d'indifférence.

« Ceci, ma cousine, je ne l'ai point désiré ; mais comment se refuser à faire le bonheur d'un peuple, comment laisser enfouir des richesses incalculables ? Moi, Français, pouvais-je fouler aux pieds des projets qui préparaient en Afrique une nation sœur de la France ? »

Elodie et Julie s'écrièrent que c'était impossible, qu'il était étroitement obligé à rendre ce service à son pays

« Aussi n'ai-je point reculé devant les sacrifices, dit-il avec une nuance de mélancolie, et cependant, je puis vous l'avouer, au milieu de mes grandeurs exotiques, il m'arrive de penser à mon pays, de me demander si je n'aurais pas été plus heureux dans la position modeste de mes pères. »

Elles se récrièrent de nouveau. Il ne fallait point du tout qu'il songeât au vulgaire bonheur dont avaient joui ses pères.

« Songez plutôt à vos fils, Monseigneur, hasarda bravement Julie.

— Mademoiselle, je ne dis pas autre chose au roi..., à Monseigneur », appuya le secrétaire.

Le roi hocha la tête et reprit :

« Il faut être à cinq mille lieues de son pays pour connaître l'amour qu'on lui porte. J'ai des affaires colossales en train, et cependant il m'a fallu venir à Questernac. Quand ma chaise de poste a passé le pont, j'avais des larmes aux yeux. J'ai reconnu jusqu'à l'échoppe du cordonnier qui m'a fait mes premières bottes. Ce brave homme est mort, sans doute; je n'ai pas aperçu son enseigne, une botte de chasse couchée sur deux lièvres.

— Quelle mémoire a Monseigneur! dit le secrétaire. Il m'a conté l'histoire de ce cordonnier tout au long.

— C'est étonnant! dit Julie. Il est vrai que jadis tout Questernac se faisait chausser chez Milon. Ce qui n'a pas empêché le pauvre homme de mourir ruiné, grâce à son chenapan de fils.

— Lequel? demanda le baron.

— Il n'en avait qu'un, mon cousin. Nous avons tous connu ce petit Baptiste, que son père avait eu la bêtise de mettre au collège. Il a fait les cent coups, et finalement est allé mourir en Amérique, dit-on.

— Il est mort? dit le baron; je me souviens d'avoir rencontré cet enfant dans l'échoppe paternelle.

— On n'en a plus entendu parler, du moins, dit Elodie. Ma femme de chambre, qui est sa cousine, m'a affirmé qu'il est mort au Canada, ou au Zululand.

— Quelque part enfin, dit le secrétaire avec un aimable sourire.

— Ah! notre ville a bien changé, dit Julie; il ne manque plus qu'un chemin de fer pour la métamorphoser tout à fait.

— Cela viendra, dit le baron; moi, je suis fanatique des chemins de fer, et j'en fais tracer dans tout mon empire. Ce sera facile à établir. Nous avons le fer sous la main et pas une montagne. Mais revenons aux habitants de Questernac, ma cousine. »

Il lui adressa une série de questions sur les familles actuelles et sur leur fortune.

« Je m'aperçois qu'ici il n'y a pas eu de ces catastrophes financières qui jettent le deuil dans tant de cités, dit-il, et je m'en réjouis. Il est plus sûr de posséder ces solides petites fortunes territoriales que d'être propriétaires de titres financiers qui, d'un moment à l'autre, peuvent être sans valeur. Aussi, je l'ai déclaré à mon conseil, je ne lancerai ma Société financière qu'à la condition qu'un lot de terrain accompagnerait chaque titre. Vous comprenez mon idée. Si, par un hasard malheureux, la Société diminuait ses dividendes, mes actionnaires resteraient propriétaires d'un terrain appelé à une grande plus-value, et comme cela, pas d'aléa, pas de ruine pour ceux qui nous auront confié leur argent.

— Voilà des délicatesses que l'on ne connaît pas en France, dit Elodie. Tout est perdu le plus souvent, quand il y a faillite.

— La France, Mademoiselle, est un pays épuisé, dit magistralement le baron; j'ai peu de mérite à me montrer généreux, le pays regorge d'or. Je n'aurais pas besoin d'emprunter un louis, si mes richesses n'étaient à l'état brut. Nos rivières charrient de l'or, on le voit de ses yeux, les diamants foisonnent, le sol est d'une fécondité merveilleuse, mais nous devons emprunter à l'Europe ses moyens d'action, en nous réservant de donner, à ceux qui nous aideront dans l'œuvre civilisatrice, des privilèges que la vieille Europe serait impuissante à leur accorder. Me permettez-vous, ma cousine, de donner un ordre à Youca? »

Et Julie s'étant inclinée en souriant, il s'adressa à son valet de chambre.

« Youca, dit-il, va chercher le coffret des bracelets.

— Si vous le permettez, Monseigneur, dit le secrétaire, je dirai à Youca de descendre en même temps le coffret de bois de rose.

« Ces dames aimeront à connaître Blackboulala et vos plans grandioses.

— Eusebio, vous voulez ennuyer ces dames, » dit le baron.

Elles se récrièrent. Mais rien au monde ne serait intéressant comme cela?

« Vous le voulez, Mesdames? qu'il soit fait selon votre désir. »

Et il offrit son bras à Julie pour retourner dans le salon, tandis que son secrétaire échangeait avec Youca des paroles en une langue étrange, un vrai langage de sorcier, dit Annette. Le nègre fit promptement la commission et apporta solennellement, sur un coussin de soie rouge, un grand et un petit coffret de bois précieux. Le baron ouvrit l'un et l'autre; il tira du petit deux bracelets de turquoises d'un bleu sombre et galamment attacha le premier au poignet de Julie.

Comme il se tournait vers Angélique, un second bracelet à la main, elle dit en riant :

« Emmanuel, je ne porte pas de bijoux; disposez de ce bracelet comme vous l'entendrez. »

Il ne se le fit pas dire deux fois et s'avança vers Elodie, qui se laissa enchaîner.

Pendant ce temps, le secrétaire tirait du grand coffret des parchemins qu'il étendit sur la table du salon.

Ces dames se précipitèrent de ce côté, et le baron, une baguette d'ivoire à la main, leur montra les points principaux de son empire, et surtout leur fit admirer, sur parchemin, les monuments de sa capitale.

« Ici la Bourse : impossible de s'en passer pour les transactions à venir; là le palais, où flottait un pavillon rouge et bleu semé de fleurs tricolores, en mémoire de la mère patrie; ce dôme, la cathédrale; cette série de points, le grand marché; cette pyramide, un monument national. »

Après Blackboulala, on examina les papiers que déroulait Eusebio.

« Société métallurgique de Blackboulala : cinquante millions; Mines d'or et de diamants : vingt millions; Crédit agricole et forestier pour l'exploitation et la mise en vente des immenses forêts : cinquante millions; Crédit des Entrepreneurs; Société des chemins de fer.

— Que d'entreprises! s'écria Angélique. Emmanuel, comment pouvez-vous suffire à tout cela?

— Ma chère cousine, en m'entourant de capacités. Ce soir, au chef-lieu, m'attendent deux jeunes gens sortis de l'Ecole polytechnique, qui construisent déjà sur le papier des manufactures et ma voie ferrée. Vous voyez ces listes, tout est souscrit. Vous me supplieriez de vous céder une seule action que je ne le pourrais pas.

— Vous n'avez pas pensé à nous plus que cela! dit Elodie d'un ton de reproche.

— Je vous ai oubliées, c'est vrai, répondit-il avec grâce, pardonnez-moi.

— Ces dames pourraient prendre des actions dans la manufacture de porcelaines, » insinua le secrétaire.

Le baron lui imposa silence d'un geste.

« Je ne lancerai cette affaire que lorsque j'aurai reçu le rapport des ingénieurs, dit-il; donc, n'en parlons pas. Si la chose s'établit, je ne pourrai faire autrement que d'en faire profiter mes chères cousines, dont je ne saurais oublier la sympathique réception. »

Julie et Angélique répondirent qu'elles seraient enchantées de le revoir à Questernac.

« Je n'y reviendrai que si mon kaolin est reconnu de première qualité, répondit-il en se levant. Vous avez d'excellents dessinateurs à Questernac pour votre porcelainerie, et je viendrai étudier leurs procédés sur place.

« Autrement, vous ne me reverrez probablement plus; mais j'emporte votre souvenir dans mon exil. »

Il sortit du salon au bruit des mouchoirs que Julie et Elodie faisaient voltiger.

Un quart d'heure plus tard, nos trois personnages reparaissaient en costume de voyage, et le baron remontait dans sa chaise de poste, qui parlait au galop.

« Ma chère Julie, je n'oublierai jamais ce dîner ni votre amitié. Faites-moi donner mon manteau. On dit que votre rue est pleine de vagabonds. »

Annette apporta les vêtements demandés et conduisit Elodie jusqu'au bout de la rue. Michelle l'avait attendue pour verrouiller la porte extérieure.

« Vous ne vous êtes pas ennuyée chez Mme votre tante? dit-elle. Va-t-elle bien, Mademoiselle?

— Très bien, » répondit Elodie, sans prendre garde aux quintes d'une toux singulière dont Michelle avait été soudainement saisie.

CHAPITRE XII

OU L'ON S'OCCUPE DE GOULVEN

La visite mystérieuse du baron Bigouldan demeura un secret pendant cinq jours. Pas un mot ne sortit de la bouche pincée de Julie, ni des lèvres plates d'Elodie. Quant à Angélique, elle avait reçu des ordres formels auxquels elle n'avait aucune envie de désobéir.

Garder le silence pendant cinq jours sur une pareille aventure était vraiment grandiose de la part de ces dames, dont tout secret brûlait les lèvres. Julie et Elodie avaient la consolation de se rencontrer le matin, et c'étaient des coups d'œil, des chuchotements, des airs mystérieux qui intriguaient beaucoup la galerie.

« Il y a un secret d'Etat entre Mlle Julie Bigouldan et Mlle Elodie du clos d'Ahault, murmuraient les dames de leur société. Elles s'isolent dans les coins pour n'être pas entendues du vulgaire, elles se jettent des regards d'intelligence, elles ont des distractions saugrenues. Quel est donc ce mystère ? »

Pendant cinq jours, on l'ignora.

Le cinquième jour, n'y tenant plus, Elodie confia à sa fidèle Vincente, à laquelle la curiosité rongeait l'âme, et qui se vengeait de sa maîtresse en la servant le plus maladroitement possible, qu'elle avait dîné chez ses amies Bigouldan avec un roi africain, né à Questernac.

De l'oreille de Vincente, le secret tomba dans celle d'Agathe et dans celle de la mercière voisine, et la ville et le clan connurent à la fois et l'étonnante fortune du baron Emmanuel, et la faveur qu'il avait faite à ses cousines Bigouldan et à Mlle de Braqueval.

A peine le premier coup de trompette donné par Vincente eut-il retenti, que Mlle Julie s'empressa, pour n'être pas distancée, de se plonger dans les confidences les plus détaillées. Remarquant bien vite qu'elle n'apprenait rien à personne, elle faillit se brouiller mortellement avec son amie Elodie, qu'elle accusait d'indiscrétion. Angélique, toujours conciliante, lui fit remarquer que les révélations d'Elodie n'avaient pas d'importance, et qu'elle seule possédait les lettres d'Emmanuel, ces documents précieux dont la lecture faisait tomber tous les doutes.

Julie pardonna magnanimement à Elodie, qui d'ailleurs s'excusa très humblement et jeta toutes les indiscrétions sur la langue de sa femme de chambre, qui aimait à surprendre ses secrets. Elle avait dû apprendre celui-ci en écoutant rêver sa maîtresse, ce qui innocentait cette dernière de tout bavardage.

« Ma chère Julie, vous ne le croirez pas, s'écria-t-elle dans un beau mouvement oratoire, Emmanuel m'absorbe, il est le sujet de mes pensées, le jour et la nuit. La nuit surtout, je ne vois que des lions, des éléphants, des rivières pleines de diamants. Cela tourne au cauchemar, à l'hallucination.

— Vous avez toujours eu une imagination désordonnée, répondit Julie aigrement. Grâce à Dieu, je ne loge point cette folle-là chez moi ; quand elle veut s'agiter, je lui ris au nez et elle se sauve.

— L'imagination est une faculté distinguée, riposta Elodie non sans aigreur, et elle donne quelque plaisir. Les gens secs et ternes, sans aucune imagination, sont généralement très ennuyeux.

— Ma chère, pardonnez-moi ce que je vais vous dire ; mais vous ferez bien de surveiller les écarts de la vôtre. Depuis quelques temps je la trouve plus exaltée, plus baroque que jamais. Il y a de belles imaginations, bien pondérées, bien soumises à la saine raison, et de celles-là je ne veux pas médire, puisque tout le monde les admire. Je l'avoue, j'en ai très peu vu. La vôtre, au contraire, prend la fièvre et des allures qui m'effrayent. Depuis que vous avez revu Emmanuel, vous n'êtes plus la même ; votre imagination est si bien surchauffée, qu'il vous a fallu livrer le secret qui vous avait été confié.

— Cela a été plus fort que moi, en effet, répondit humblement Elodie ; mais j'accuse néanmoins cette traîtresse de Vincente, qui, ayant découvert mon secret, n'a pas eu la délicatesse de le garder.

— Allons ! Elle dit à qui veut l'entendre que vous lui avez tout conté en plein jour et très éveillée ; elle ajoute même des réflexions bien ridicules. Mais ne parlons plus de ce qui a failli tuer notre vieille amitié et empoisonner notre confiance mutuelle. Vous avez besoin de moi pour suivre votre rêve qui est insensé, et j'ai besoin de vous pour me décharger le cœur. Ma sœur Angélique a jeté son bonnet pardessus les moulins et me contredit publiquement maintenant. Pour me venger, je cache les lettres d'Emmanuel et mes réponses. Je lui laisse lire le journal, uniquement pour qu'elle soit persuadée que toutes ces choses existent, qu'elles sont visibles, palpables, et non point un conte des *Mille et une Nuits.* Moi qui, grâce à Dieu, n'ai aucune imagination, qui ne connais les rêves et les chimères que de nom ; moi qui, à Questernac, suis à la tête des gens pratiques, de ceux qui répondent au nom de « deux et « deux font quatre », je ne suis point éprise d'Emmanuel ni de ses aventures. J'ai bien étudié les choses avant de m'avancer. Je ne puis pas dire que je n'ai pas été saisie en apprenant ce qu'il était devenu. Songez que, dans la famille, on le traitait de songe-creux, de lunatique. Moi, j'ai toujours dit qu'il avait un front de génie et qu'il ferait de grandes choses. Me suis-je trompée ?

— Julie, je reconnais votre immense supériorité et votre divination, s'écria Élodie. Vous avez un empire sur vous-même que je vous envie, surtout en ce moment où le clan tout entier est déchaîné contre Emmanuel.

— C'est comme pour la ville, répondit Julie ; mais je me fais fort de répondre à ces bavardages. S'il consentait à revenir passer quelques jours à Questernac, je suis assurée qu'un revirement d'opinion s'opérerait et qu'il deviendrait la coqueluche de tous ces gens qui ricanent. Pour votre clan des Têtes Chaudes, Elodie, vous devez savoir le mettre à la raison, ou répondre par le silence du mépris. »

Élodie, qui n'aimait point à garder le silence et qui savait le cas que l'on ferait de son mépris, avait baissé la tête en poussant un gros soupir et elles s'étaient séparées.

L'une et l'autre avaient dit vrai. La ville et le clan se moquaient ouvertement du roi de Blackboulala, de son royaume, de son secrétaire et de ses mines d'or.

Avait-on jamais ouï un pareil conte à dormir debout ?

Ce pauvre Emmanuel Bigouldan était un fort beau garçon assurément ; mais il avait toujours passé pour un cerveau fêlé. Il se moquait solennellement, royalement des gens, voilà tout. Le clan imitait la ville et, depuis M. du Galadoc jusqu'à Corentin, ce n'était qu'un feu roulant de plaisanteries contre Élodie, qui prenait des poses de victime.

Michelle dit un jour à Bengale :

« Avec toutes ces bêtises de royaume et de richesses, on oublie de baptiser Goulven. Voilà le beau temps qui vient. Il n'y a pas à craindre qu'il s'enrhume lorsqu'on le décoiffera. Il faudrait pourtant toucher un mot de cela à Monsieur.

LE SECRET TOMBA DANS L'OREILLE DE LA MERCIÈRE

— Parlons-lui-en, Michelle, répondit Bengale, très scandalisée de l'oubli dans lequel on laissait son filleul.

— Pas plus tard que demain, Mademoiselle. C'est étonnant comme on oublie ce petit dans le clan.

« Un si beau garçon pourtant ! Mais voilà ! il est arrivé dans le chagrin, et sans vous et sans moi, ma pauvre Bengale, ce serait l'enfant le plus abandonné de la terre. »

La vérité, cette fois encore, sortait de la bouche de Michelle. Goulven existait à peine pour le reste du clan.

Ce ne fut donc pas sans un certain embarras que Bengale se présenta le lendemain devant son père, qui passait ses matinées d'hiver dans la bibliothèque.

Quand Bengale entra, il lisait et son visage exprimait une parfaite bonne humeur.

M. du Galadoc accueillit le nom de Goulven par sa grimace ordinaire. Elle consistait à faire lire sur son visage, par le jeu des muscles, l'exclamation : aïe, qui échappe à l'être chez lequel on éveille une douleur quelconque.

« Il n'est pas baptisé! s'écria M. du Galadoc en fronçant violemment ses épais sourcils.

— Non, papa, il est ondoyé, seulement ondoyé. »

Il passa la main sur son front.

« C'est vrai, murmura-t-il; ce jour-là, le jour de l'ouverture de la chasse, jour de malheur, je n'étais pas là.

— Moi, j'y étais, papa, » soupira Bengale.

M. du Galadoc regarda sa fille.

Il y avait longtemps qu'il n'avait songé à la regarder ainsi, et il fut frappé de son changement physique. Sur sa taille enfantine qui s'était élancée, elle portait un visage que ces quelques mois avaient transformé.

Il demeura quelque temps silencieux, puis il dit :

« Il sera baptisé, ma petite fille.

— Vous savez, papa, que c'est moi sa marraine, remarqua Bengale.

— Ah! c'est toi. Eh bien, restons-en là. J'ai besoin de prendre l'air. Tu me reparleras de cela après déjeuner. Laisse-moi. »

Bengale avait trop de tact pour insister en ce moment. Elle embrassa tendrement son père et courut rendre sompte de son ambassade à Michelle.

« Bengale, puisque c'est comme ça, recommencez votre antienne après déjeuner, et tenez bravement tête au clan, s'il le faut. Battons le fer pendant qu'il est chaud. »

Bengale déjeuna sans trouble, comme à l'ordinaire, et ce fut avec un calme parfait qu'elle dit, en s'adressant à son père :

« Papa, vous m'aviez recommandé de vous parler après déjeuner du baptême de Goulven. »

La nouvelle, dite avec cette gravité, détermina une hilarité générale. Grands et petits firent des gorges chaudes sur le pauvre Goulven. Elodie surtout accabla Bengale. En quelle qualité Bengale venait-elle régler les plus graves cérémonies de la famille ?

Bengale, droite sur sa chaise, sa jolie tête levée dans une attitude de résistance, répondit que c'était en qualité de marraine qu'elle s'occupait d'une chose que le clan mettait en oubli.

« Et qui sera le parrain? s'écria Elodie; il en faut un.

— C'est vrai, Bengale, il faut un parrain, dit M. du Galadoc, que la gaîté bruyante de ses enfants amusait.

— Un de mes frères veut-il l'être? » demanda Bengale.

Cette simple demande souleva un orage. C'était bien assez que ce mioche braillard fût un frère, personne n'en voulait pour filleul.

« Comment vas-tu te tirer de là? » demanda M. du Galadoc, en se servant du tafia.

Bengale, très calme dans sa déception, réfléchissait.

« Papa, dit-elle enfin, mon oncle Maurice pourrait bien servir de parrain, si vous le permettez. »

Tout le monde se récria : l'oncle Maurice et sa femme, des égoïstes, détestaient les enfants, avaient horreur du clan.

« Eh bien, s'il refuse, j'irai chercher le docteur, dit Bengale; il nous arrête dans la rue, Michelle et moi, pour regarder Goulven. »

Le docteur! elle était folle! Le docteur avait horreur des cérémonies, et on lui connaissait un nombre incalculable de filleuls.

Michelle, en apprenant le grossier refus des jeunes gens, tomba naturellement sur Elodie. Elle développait tellement leur égoïsme, qu'ils devenaient absolument indifférents à ce malheureux Goulven.

« Et comment allez-vous faire, ma pauvre Bengale? dit-elle; où dénicher un parrain?

— Je vais m'habiller et me rendre par les jardins chez mon oncle Maurice, répondit Bengale; s'il refuse, tu me conduiras chez le docteur, et nous baptiserons cette semaine.

— Quelle tête a cette chère petite! pensa Michelle en la regardant s'éloigner; elle a plus de cervelle à elle seule que tous les autres à la fois. »

Quand Bengale apparut, ses frères en eurent compassion; ils lui proposèrent de l'accompagner dans son expédition; un peu plus ils se seraient proposés en masse pour parrains, car, s'ils avaient tous la tête chaude, le cœur n'était pas glacé.

Bengale les remercia. Pour que les grands l'accompagnassent chez l'ancien premier président, il aurait fallu qu'ils missent des gants, ce qu'ils avaient en horreur, et qu'ils fissent des modifications gênantes à leur toilette. Quant à Colomban et Corentin, ils étaient la terreur des gens méticuleux qui avaient des jardins bien soignés, des allées bien ratissées, des arbustes dont on lavait les feuilles.

M. le Premier et sa femme les avaient de tout temps consignés à leur porte, et il leur avait été défendu, sous les peines les plus sévères, de se servir du chemin pittoresque que Bengale choisit, ce jour-là, pour se rendre à la villa Maurice.

CHAPITRE XIII

CHEZ M. LE PREMIER

D'ABORD Bengale parcourut dans toute sa longueur l'enclos très négligé qui s'appelait jardin. Arrivée au bout, elle examina le mur, monta sur un tas de pierres et, se servant de creux profonds, dont le mur était troué à espaces à peu près réguliers, elle se dressa au faîte verdoyant et marcha sur ce sentier périlleux jusqu'à un grand noyer qui étendait paternellement son ombre sur l'enclos négligé du clos d'Ahault et sur un coin du parc supérieurement tenu de la villa Maurice. Le tronc poussait dans l'enclos du Galadoc, mais les grosses branches descendaient très bas dans le petit parc et formaient une sorte d'escalier rustique que Bengale franchit en quelques bonds.

Elle avait été aperçue par les personnes groupées dans une serre qui confinait aux salons, car, au dernier saut, qui était le plus dangereux, une exclamation effrayée arriva à ses oreilles.

Cela lui fit précipiter sa marche vers la serre, où se trouvaient trois personnages : M. Boisglesquen, l'ancien premier président à la Cour, un homme grand et mince, au visage rasé, à la tête également rasée, par le temps; sa femme, une Parisienne élégante et maladive; le docteur Chaudeleau, qui donnait sa consultation dans cette serre embaumée.

Ce ménage était demeuré quelque peu étranger à Questernac, bien que M. Boisglesquen en fût originaire. Sa noble carrière l'avait fait vivre ailleurs, et il n'aurait jamais pensé à retourner passer sa vieillesse en ce pays, si la Faculté ne lui eût ordonné, comme remède à des misères qui prenaient de la gravité, l'air natal.

Il avait d'abord ri de la consultation.

Ses poumons étaient tellement déshabitués de cet air-là!

Le médecin avait persisté, et M. et Mme Boisglesquen étaient venus visiter la maison paternelle du magistrat, située dans un site enchanteur, surplombant, comme le clos d'Ahault, le vallon et la rivière. Mme Boisglesquen, artiste jusqu'au bout des ongles, admira le pittoresque de la situation et se montra moins rebelle à la pensée de venir passer les mois de vacances en cette solitude.

Il se trouva d'ailleurs que l'air natal, dont l'élégant épicurien s'était moqué, agit merveilleusement. La grande ville fut sacrifiée, du moins pendant l'été; on arrangea l'habitation, on la revêtit d'élégance, de confort, on l'encadra dans un parc qui lui donnait du cachet, et peu à peu le ménage se fit à cette petite ville de Questernac, dont les environs étaient très bien habités.

Quand l'heure de la retraite de M. le Premier sonna, la villa Maurice était une résidence agréable au dedans et au dehors, pourvue de toutes les inventions merveilleuses qui font vivre si commodément.

M. et Mme Boisglesquen s'y installèrent, pour y mener une vie douce égoïste, adroitement séparée de tout ce qui peut agiter les nerfs et troubler la quiétude du cœur.

Naturellement, les anciens amis, parents, voisins, ne s'acclimatèrent pas dans cette atmosphère : ce qui enchanta les habitants de la villa Maurice. Voir une fois par an, et cérémonieusement, ces honorables familles aux sentiments exaltés, aux caractères chevaleresques, c'était assez.

Ces bons gentilshommes aux airs provocants, ces anciens propriétaires du sol, étaient horriblement chaussés, pas gantés du tout; il y en avait qui sentaient le tabac, et avec cela! d'une exaltation!... Les uns avaient donné leurs fils à la France et au pape, les autres donnaient leurs filles à Dieu.

Ces beaux dévouements, ces généreuses abdications étaient jugés sévèrement à la villa Maurice, et on avait poliment éconduit tout ce qui ne rentrait pas suffisamment les ongles. De ce nombre fut le clan, dont le voisinage était une des épouvantes de Mme Boisglesquen.

M. du Galadoc lui faisait l'effet de don Quichotte, toujours prêt à s'armer et à batailler; la vue seule de sa grosse pipe lui donnait des nausées.

Quant à ces garçons, grands et petits, qui grimpaient aux arbres comme des singes, qui galopaient à travers les plates-bandes, qui faisaient la culbute sur les gazons, elle les redoutait extrêmement, et, si le beau noyer lui avait appartenu, il eût été par terre il y a longtemps.

Mme du Galadoc, cette belle, douce et calme créature qui regardait en souriant ses fils s'ébaudir, et la blonde Bengale, si fine, si fraîche, avaient néanmoins conquis ses sympathies. Elle pardonnait presque à cette dernière d'être la filleule de son mari. Mme du Galadoc disparue, elle s'empressa de faire mettre un double treillage à son mur et oublia le clan.

Les enfants n'aimaient pas cette jolie habitation où ils étaient reçus froidement; les pauvres la fuyaient, tant l'accueil qu'ils recevaient était glacé.

M. le Premier aurait volontiers fait afficher, sur la grille de son parc, cette déclaration qu'il faisait au curé de Questernac :

« Je donne ce que je veux au bureau de bienfaisance, le reste ne me regarde pas. J'abolis la mendicité dans mes environs. »

Et c'était cet élégant et parfait égoïste que l'on avait donné pour parrain à Bengale.

Heureusement que Mme Boisglesquen n'avait pu voir cette jolie et intelligente enfant sans l'aimer quelque peu, aussi peu que possible; mais enfin, un peu.

Ce fut elle qui jeta un cri d'effroi en voyant Bengale debout, entre ciel et terre, puis descendant légèrement à l'aide des grosses branches.

COTENTIN S'ÉLANÇAIT A TRAVERS HAIES ET PLATES-BANDES.

« Dirait-on que cette ravissante enfant fait partie de ce fameux clan des Têtes Chaudes ? dit Mme Boisglesquen en s'adressant au docteur.

— Mais, Madame, le clan, pris en masse comme en détail, n'est point si mal. Quel rude gaillard est encore ce bon César ! Quels beaux garçons sont ses aînés ! Et ses cadets aussi !

— Les deux aînés ! répéta Mme Boisglesquen avec un sourire, ils sont beaux peut-être à votre point de vue ; mas ces grands garçons sans grâce, à la voix de tonnerre, me semblent affreux. Les deux plus jeunes sont plus gentils, mais quels démons ! On remarque chez eux, depuis la mort de leur mère, une recrudescence de malice. Mon jardinier les voue à tous les dieux infernaux, n'est-ce pas, Maurice ?

— Il a eu tort de briser en visière avec eux, répondit en souriant M. Boisglesquen, il en supporte les conséquences. Le mur est solide, ils ne faisaient point grand mal à courir dessus ; le noyer est solide, il n'y avait pas à craindre qu'ils cassassent les branches. Il a défendu tout cela, et on ne le voit point sans lui faire un pied de nez.

— Et sans le cribler de toutes sortes de projectiles, » dit Mme Boisglesquen.

Et, se retournant du côté de la porte, qui s'ouvrait sous la main de Bengale, elle ajouta :

« Vous n'avez donc pas oublié votre chemin aérien, petite ; il y a bien longtemps qu'on ne vous a vue trotter sur le mur. »

Bengale s'était avancée toute rougissante et lui avait tendu sa joue, devenue d'un admirable incarnat.

« C'est que Bengale est devenue quasi une mère de famille, » dit le bon docteur en frappant amicalement sur l'épaule de la petite fille.

Et se levant, il ajouta :

« C'est l'être le plus raisonnable du clan.

— Vous voulez dire le seul raisonnable, dit en riant Mme Boisglesquen.

— Ma chère amie, prenez garde, vous fâchez votre amie Bengale, remarqua son mari ; il faut parler du clan avec plus de ménagements devant elle. »

Mme Boisglesquen prit, pour regarder Bengale, le lorgnon qui flottait à sa ceinture et réprima un sourire.

L'enfant avait froncé ses fins sourcils blonds, et son regard prenait une profondeur et une intensité d'expression qui frappèrent tellement Mme Boisglesquen qu'elle s'écria :

« Bengale, il ne faut pas m'en vouloir de vous aimer plus que tout le clan réuni. Vous ne jetez pas de pierres à mon chien havanais, vous ! Vous ne me donnez pas de névralgies avec vos chants sauvages ! Vous ne faites pas de pieds de nez à mon vieux jardinier, un homme important, s'il en fut, et que ces choses exaspèrent. Docteur, vous vous en allez ?

— Oui, madame, j'ai des malades sur la planche par ce temps de froid ; et puis, vous l'avouerai-je, je ne puis rester plus d'une demi-heure dans cette serre charmante, aux parfums capiteux, délicieux et... malsains.

— Oh ! docteur, la senteur de quelques héliotropes seulement. Du reste, nous ne passons ici que bien peu de temps. Bengale, voulez-vous venir reconduire le docteur ?

— J'ai a parler à mon parrain, Madame, répondit la petite fille.

— Une confidence ? c'est parfait. Votre air sérieux m'intrigue vraiment... Maurice, je vais reconduire le docteur. J'ai un renseignement pharmaceutique à lui demander. Donnez audience à votre filleule, et venez me retrouver dans le salon vert. Ces héliotropes sentent très fort et me donneraient la migraine. »

Sur ces paroles, elle s'en alla avec le docteur par l'étroit sentier ménagé entre les étagères, et disparut avec lui dans le petit salon qui confinait à la serre.

Bengale, dans la serre, refusait de s'asseoir et répondait à M. Boisglesquen, qui lui demandait avec bonté ce qu'elle avait à lui dire :

« Mon parrain, Goulven n'est pas baptisé. »

Ceci n'intéressait guère l'ancien magistrat, qui avait fait son dieu de son égoïste repos. Il sourit sans répondre.

« Goulven n'est pas baptisé, reprit Bengale, parrain ; mais il s'y mêlait je ne sais quel étonnement naïf peu flatteur.

« Qui a eu cette idée mirifique dans le clan ? demanda-t-il en passant son foulard de soie rouge sur ses yeux que le rire mouillait.

— Moi, répondit Bengale, moi seule.

— Tu es bien bonne, et, si cela se pouvait, je te ferais ce plaisir ; mais c'est impossible.

— Pourquoi ?

— Pour beaucoup de raisons. Voyons, ne

BENGALE SE DRESSA SUR LE FAITE VERDOYANT DU MUR

un peu impressionnée par cette parfaite indifférence ; mais il va l'être. Je suis sa marraine.

— Ce dont je lui fais compliment, à ce baby, s'écria le parrain, qui ne devinait pas du tout où elle voulait en venir.

— Je suis sa marraine, reprit Bengale, et je viens vous demander d'être le parrain. »

La proposition parut si saugrenue à M. Boisglesquen qu'il partit d'un éclat de rire qui aurait bien blessé la pauvre Bengale si l'innocente avait su ce que c'était que l'ironie, cette forme élégante et raffinée de la méchanceté humaine. Elle jugea seulement qu'il était bien léger, ce parrain, qui n'était plus jeune, puisqu'il avait la tête chauve et des favoris blancs et que la goutte le clouait parfois sur un fauteuil, où il faisait les grimaces d'un vieillard.

Son air grave aurait pu exciter la gaîté du prends pas cet air désolé ; comment veux-tu que je joue le rôle de parrain, à mon âge ? D'abord je serais bien embarrassé de réciter mon *Credo*.

— Vous le saviez à mon baptême, cependant.

— Eh ! j'étais de dix, non, de douze ans plus jeune, ma petite.

— Ecoutez, dit Bengale, le *Credo* n'est pas long, je viendrai vous l'apprendre.

— De plus fort en plus fort, s'écria M. Boisglesquen. Tiens, rejoignons ma femme dans le salon vert, elle va te donner ses raisons à elle. »

Bengale le suivit dans le salon bien clos, bien chauffé, où Mme Boisglesquen s'occupait à faire de jolis riens qui trouvaient un jour ou l'autre leur emploi.

« Ma chère amie, dit M. Boisglesquen à sa femme, qui entrait par une autre porte en lissant de la main les bandeaux de ses cheveux emmêlés par son chapeau de jardin, vous ne devinerez jamais ce que Bengale vient me demander. Allons, Bengale, adresse ta requête. »

Et comme Mme Boisglesquen fronçait le sourcil, flairant une demande d'argent, Bengale se contenta de rougir et de baisser la tête.

« Maurice, dites vite de quoi il s'agit, dit Mme Boisglesquen non sans impatience. Bengale, déconcertée, va rester muette ; parlez pour elle.

— Eh bien, vous savez qu'il y a un baby de quelques mois au clos d'Ahault ?

— Celui que promène Bengale avec tant d'amour, et qui glapit comme un possédé lorsqu'elle le quitte ?

— Lui-même. Il n'est pas baptisé, et Bengale, qui est la marraine, m'offre le parrainage.

— Par exemple ! dit Mme Boisglesquen d'une voix sèche ; vous n'allez pas, je pense, accepter cette corvée !

— Je ne sais, Valérie : cette petite a une manière de vous implorer !... C'est donc comme cela que tu plaides ta cause, Bengale ? Tu étais autrement éloquente tout à l'heure. »

Bengale baissa plus bas la tête pour cacher les larmes qui jaillissaient de ses yeux.

« Voyons, petite, il n'y a pas de quoi se désoler, reprit Mme Boisglesquen, très étonnée de se sentir un soupçon d'attendrissement, ôtez ce chapeau, venez vous asseoir ici, et écoutez bien ce que je vais vous dire. »

Bengale ôta son chapeau et prit la place qu'elle lui désignait, sur le canapé.

« Parlons raison, reprit Mme Boisglesquen en caressant machinalement les beaux cheveux de l'enfant ; je suppose que c'est vous qui avez arrangé cela, vous êtes un très gentil ambassadeur ; mais, enfin, les choses ne se passent pas ainsi. D'ailleurs les parrains ne manquent pas dans le clan. Vous avez je ne sais combien de frères, parmi lesquels vous pouvez choisir.

— Ils ont refusé.

— Quels tendres cœurs !

— Ils n'aiment pas Goulven, Madame ; personne ne l'aime, que moi et Michelle.

— Est-ce possible ? Au fait, il me semble avoir remarqué que vous vous enfuyez du jardin sitôt que vos frères arrivent avec leur allure de chevaux échappés.

— Oui, Madame, c'est vrai, j'emporte Goulven ; mais ce n'est pas par frayeur des frères, ils ne sont pas méchants.

— Pourquoi vous sauver alors ?

— Parce qu'ils s'amusent à nous taquiner. Goulven n'aime pas qu'on lui fasse des grimaces, ni qu'on crie : couac, couac, couac, à ses oreilles.

— En cela, dit en riant Mme Boisglesquen, je suis tout à fait de son avis. Du reste, je ne respire à l'aise que lorsque le clan est au collège. Quel est celui de vos frères qui imagine de jouer du cor le soir ?

— C'est Charlemagne, Madame. »

Mme Boiglesquen éclata de rire.

« Mon Dieu, dit-elle, je ne puis entendre sans rire les noms dont M. du Galadoc affuble ses enfants.

— Il y en a d'heureusement trouvés, » dit son mari, qui vit Bengale se troubler.

Et passant le doigt sur la joue colorée de la petite fille :

« Ceci ne vous rappelle-t-il pas les pétales de nos dernières roses, Valérie, dit-il.

— Si, en plus foncé, mon ami.

— Le jour où ma filleule a été baptisée de son baptême profane, elle ne savait pas encore rougir, continua M. Boisglesquen. Je la vois dans les bras de sa mère, si belle encore. On venait de lui mettre une mante de cachemire blanc et un bonnet de dentelle. On l'appelait Yseult ; mais du Galadoc arriva et s'écria : « Hermine, notre nouvelle fille, ainsi affublée, a l'air d'une rose de Bengale, ma chère. » Il était si gai alors ! Sait-il le but de votre visite, ma petite Yseult ?

— Oui, mon parrain. Il a bien fallu lui rappeler que Goulven n'est pas baptisé et lui demander qui il voulait pour parrain. Il m'a dit d'abord : « Prends un de tes frères. » Mais ils ont refusé tous. Ils n'aiment pas Goulven. Alors j'ai pensé à vous, et papa m'a dit : « Fais comme tu voudras. »

Les deux époux, tout en écoutant l'enfant, la regardaient et admiraient l'expression de ce joli visage, faite d'intelligence et de sensibilité.

« Valérie, il faudra en passer par là, je le crains, dit M. Boisglesquen.

— Oh ! dit-elle, c'est aller bien vite en besogne, mon cher ami. Ce Goulven, dans dix ans, sera sans doute un épouvantable petit garnement, et votre qualité de parrain ferait qu'il ne mettrait aucune borne à ses fredaines.

— Goulven sera très sage, Madame, s'écria Bengale ; Michelle dit qu'il ressemble à maman, qui était si douce et si bonne. »

Et un flot de larmes jaillit de ses yeux à ce souvenir.

« Allons, petite, allons, ne faisons pas trop de sensibilité, dit Mme Boisglesquen, émue malgré elle, cela prend à la gorge, cela énerve. Essuyez vos yeux, calmez-vous. Vous aurez le parrain que vous désirez. A quand le baptême ?

— Je vais le demander à papa, dit Bengale avec un radieux sourire.

— Et mon *Credo ?* demanda en riant M. Boisglesquen.

— Je viendrai tous les jours après midi, si vous le voulez bien, dit Bengale redevenue sérieuse.

— Certainement. Ma chère, comme je ne suis pas sûr de retrouver intact dans ma mémoire le *Credo* indispensable, Bengale s'offre à venir me l'apprendre, et j'accepte.

— Vous êtes, je le vois, plus savante en prières que votre parrain, Bengale.

— Je dis mon *Credo* tous les jours, répondit naïvement Bengale ; s'il faisait comme moi, il ne l'oublierait pas.

— C'est bon, prêchez maintenant, dit en souriant Mme Boisglesquen. Est-ce qu'on est dévot dans le clan ?

— Oui, Madame, oh oui ! Mes frères, les grands comme les petits, disent bien exactement leur prière matin et soir. Ils savent bien leur *Credo*, eux !

— Voilà qui m'édifie beaucoup, reprit Mme Boisglesquen d'un ton railleur ; espérons que de ces pieux exercices découlera quelque jour une certaine charité pour les oreilles de leurs voisins.

— Madame, ils sont très charitables, s'écria Bengale. Roland a vendu son cachet d'argent, l'autre jour, pour acheter des souliers à un petit pauvre.

— Ah ! Roland le furieux est devenu un petit saint, j'en suis bien aise... Maurice, vous allez reconduire Bengale par la grande porte, n'est-ce pas ?

— Madame, j'aime mieux m'en aller par le mur, dit Bengale, c'est beaucoup plus court. »

Elle tendit son front de neige aux lèvres trop roses de Mme Boisglesquen, se coiffa de son chapeau et s'en alla vers le fond du jardin, accompagnée par son parrain.

Il lui offrit la main pour gagner la branche qui formait le premier degré de l'escalier aérien. Du fond de son fauteuil, l'égoïste et élégante châtelaine les avait suivis des yeux.

Bientôt Bengale apparut sur la crête étroite du mur ; elle se détourna pour sourire à son parrain et continua sa route, de son pas léger et gracieux. Un soupir de soulagement échappa à Mme Boisglesquen, lorsque l'enfant disparut tout à coup dans son propre jardin.

« Cette petite est vraiment jolie et intelligente, murmura-t-elle, c'est une perle jetée dans un tas de fumier. Ah ! si j'avais eu le bonheur qu'une enfant de cette espèce me fût donnée ! »

CHAPITRE XIV

LE BAPTEME

Bengale cachait sous son enveloppe d'apparence frêle une force de volonté peu commune. Une fois le consentement obtenu, elle ne laissa pas traîner les choses.

Pendant que Michelle fouillait dans les tiroirs, dans l'espoir de dénicher un habillement de circonstance pour Goulven, pendant qu'elle lavait, repassait, tuyautait les pièces disparates qui devaient composer la toilette du baptême, Bengale s'en allait tous les jours à la villa Maurice et apprenait gravement le *Credo* à son parrain.

Sa présence était devenue douce à Mme Boisglesquen, qui reprocha un jour à son mari d'apprendre si vite les prières obligatoires.

« Modérez votre zèle et votre mémoire, Maurice, dit-elle en souriant, je suis faite aux visites de cette gentille enfant, et cela me manquera de ne plus voir sa mince silhouette se dessiner sur le ciel lorsqu'elle traverse le mur, et de ne plus entendre sa jolie voix.

« Or, le baptême passé, elle oubliera, cette ingrate, le chemin de la villa.

— Non, si vous voulez bien accepter quelquefois la présence de mon filleul, Valérie.

— Ah! Dieu, jamais! Un garçon de ce clan de Têtes Chaudes doit s'emporter, même dans ses langes. Je ne veux point du filleul, Maurice.

— Alors vous n'aurez point la marraine, ma chère. Cependant je suppose que Bengale a le cœur trop bien placé pour oublier le chemin de la villa, lorsqu'elle n'aura plus à me catéchiser.

— Je l'espère aussi, répondit sa femme; néanmoins je trouve qu'il n'y avait aucune raison de tant presser ce baptême. »

Elle ignorait la vraie raison qui faisait précipiter la cérémonie. Depuis que son attention avait été forcément attirée sur ce malheureux dernier-né, M. du Galadoc avait eu une rechute de sauvagerie. Autour de lui, on avait bien vite découvert la cause de ce changement, et à propos du baptême on répétait sur tous les tons :

« Finissons-en. »

On en finit avant même que la toilette très compliquée du baby fût complétée. Ce jour solennel, il avait un bonnet, bâclé à la hâte, dont les dentelles lui tombaient sur le nez.

Au moment de partir pour l'église, on chercha M. du Galadoc. Son chien et lui s'étaient éclipsés. Elodie et Agathe ne jugèrent pas à propos d'assister à la cérémonie : ce qui indigna Michelle.

« Elles arriveront prendre part des boîtes de dragées et du bon dîner, dit-elle au parrain; si j'étais de vous, Monsieur, je ne leur donnerais rien. »

Du reste, le baptême devait leur paraître désagréable à tous les points de vue. Le matin même n'était-il pas arrivé de la villa Maurice un costume complet, très élégant, pour Bengale, fait tellement sur sa mesure, qu'Agathe ne put s'en approprier la moindre pièce. Toutes ces rages concentrées n'empêchèrent point la cérémonie d'être très imposante. Quand M. le Premier se mêlait de faire les choses, il les faisait très grandement.

Il avait obtenu de sa femme qu'elle assistât au dîner du clos d'Ahault.

Elle arriva tout emmitouflée, toute craintive, se demandant ce qui arriverait au dessert, dans ce terrible clan.

A sa grande surprise, ses ennemis intimes, très touchés de l'honneur qu'elle leur faisait, se montrèrent d'un savoir-vivre étonnant. Colomban et Corentin se disputèrent le plaisir de lui porter sa chaufferette; Roland le furieux, son voisin de table, l'accabla de petits soins; Charlemagne proposa un toast en son honneur. M. du Galadoc, revenu trop tard de la chasse, se montra également empressé.

Au dessert, M. le parrain fit une généreuse distribution de boîtes de dragées.

Elodie, qui avait la physionomie maussade, se dérida quelque peu et daigna confier à Mme Boisglesquen le motif de ce qu'elle appelait son abattement.

Sa bonne amie, Julie Bigouldan, qui avait promis d'assister à ce dîner de baptême, n'était point venue et elle se creusait la tête pour en savoir le motif.

Mme Boisglesquen trouva son motif puéril, mais ne fit aucune observation. Elodie lui paraissait maintenant le personnage le plus détestable du clan. Quant aux autres, ils avaient reconquis une certaine faveur dans son esprit, et ce fut au bras de Roland le furieux, qui l'horripilait jadis, qu'elle regagna la villa Maurice.

CHAPITRE XV

LA GRANDISSIME NOUVELLE

Le sucre qu'Elodie avait absorbé sous les formes les plus gracieuses, le jour du baptême, n'avait point diminué son ressentiment envers son amie Julie Bigouldan.

Etre invitée à un repas de baptême, accepter l'invitation et ne pas envoyer un message expliquant la cause do son absence, c'était là une conduite aussi singulière que blessante.

« Il y a eu quelque malentendu, avait dit Mme Boisglesquen, qui ne savait pas s'émouvoir pour si peu.

— Lequel ? » se demandait Elodie.

Le lendemain matin, elle prit une rue détournée pour se rendre à l'église. Passer par la rue des Pignons, c'était avoir l'air de quêter une explication, c'est-à-dire s'humilier.

Elle connaissait l'heure de la messe à laquelle assistaient les demoiselles Bigouldan. Elle prit mille détours pour se rendre à la collégiale, fit des haltes pieuses à n'en plus finir, et enfin déboucha avec sa chaise dans la chapelle de la Vierge, où ses amies avaient une place à l'année.

Angélique, agenouillée, priait avec sa ferveur habituelle ; Mlle Julie était absente.

Elodie et sa chaise s'implantèrent à côté d'Angélique.

« Julie est-elle malade ? » demanda Elodie à voix basse.

Angélique releva la tête et murmura :

« Avez-vous entendu la messe, Elodie ? »

Elodie fit un geste menteur, et, voyant Angélique se lever, elle la suivit. A la porte de l'église, Angélique retrouva la parole.

Sa sœur n'était pas malade, mais très occupée par son cousin Emmanuel, qui se trouvait dans les environs.

Elle voyait des hommes d'affaires, voyageait avec lui, tout cela dans un certain mystère.

« Elle me sait peu curieuse, finit la bonne Angélique, et ne me confie guère ses projets.

— La trouverai-je chez elle ?

— Venez vous en assurer. Elle est sortie de très grand matin, un rouleau de papier sous le bras. Cependant, comme elle n'a pas dit de déjeuner sans elle, je suppose qu'elle ne passera pas la journée dehors comme hier. »

Elodie, très intriguée, n'eut garde de ne pas suivre Angélique dans la rue aux Pignons. Elles trouvèrent Mlle Julie ôtant ses fourrures dans le vestibule.

« Ma chère Elodie, s'écria-t-elle, je pensais à vous, j'avais hâte de vous voir. J'ai un million d'excuses à vous faire.

— Et moi, Julie, j'ai à vous dire que je vous ai attendue hier à ce dîner, qui était une si lourde corvée pour moi.

— Ma chère, je vous ai écrit qu'il m'était impossible de m'y rendre, s'écria Julie.

— Je n'ai rien reçu.

— Est-ce possible ? Entrez dans la salle à manger. Angélique, fais-moi préparer une tasse de chocolat, je tombe de fatigue. Vous n'avez rien reçu, Elodie ? Il est vrai que j'étais bouleversée. Asseyez-vous, j'ai de grandissimes nouvelles à vous donner. Angélique, tu peux rester, il n'y a plus de secret à garder. Qu'est-ce que ce papier plié que j'aperçois sur les genoux d'Homère ? »

Homère était le sujet de la pendule placée sur la cheminée de la salle à manger. Le vieux poète aveugle était assis contre une lyre, et sur sa robe de bronze se voyait une enveloppe de papier. L'exclamation de Mlle Julie était à peine jetée, qu'elle prenait le papier et le tendait d'une main à Elodie, tandis que de l'autre, elle touchait son front, en disant :

« Je n'y étais plus, je n'y étais plus : j'ai placé ce papier là croyant le mettre sur le plateau des lettres. »

Elodie avait ouvert le papier et lu ces quelques mots:

« Impossible d'aller ce soir. Il m'écrit, il arrive ; ; il achète une maison, le notaire vient ce soir. Demain vous saurez tout. »

Très impressionnée, Elodie alla s'asseoir dans l'ombre et laissa Mlle Julie se débarrasser de ses vêtements de rue et aussi boire le chocolat apporté par Angélique.

Elle regardait de loin son amie, devenue l'intime de ce magnifique Emmanuel, elle la trouvait grandie d'une coudée ; elle se sentait toute glorieuse et quasi intimidée de ce rôle de confidente dont elle l'honorait. Celle-ci du reste savourait son chocolat sans lâcher l'impression qui lui donnait une physionomie étrange.

Après chaque gorgée elle relevait la tête ridiculement, et ce fut avec un geste théâtral qu'elle remit le bol à la vieille Annette, qui écarquillait ses yeux en la regardant, et qui aurait été saisie d'inquiétude sur son état mental, si Mlle Angélique n'avait été là, souriante et paisible.

« Angélique, dit Mlle Julie, prépare le salon pour une grande réception et emmène Annette ; j'ai à parler confidentiellement à Elodie. »

Mlle Angélique fit un signe à Annette et elles quittèrent l'appartement.

« Elodie, poussez le verrou, dit Julie, qui versait de l'eau dans un verre ; autrement nous serons dérangées sans cesse. Cette pauvre Angélique vient me consulter à propos de tout, et ce que j'ai à vous dire est d'une importance! ».

Elle avala un verre d'eau et alla s'asseoir dans une encoignure, attendant qu'Elodie, qui s'était précipitée vers la porte, selon son ordre, eût poussé le petit verrou.

« Vous grillez de savoir ce qui se passe? dit Mlle Julie en lissant ses bandeaux qui s'arrêtaient vilainement à la hauteur de ses oreilles.

— Oui, répondit Elodie franchement. Et ne vous voyant pas hier, je me suis forgé mille imaginations.

— Et qui étaient loin de la réalité. Je vais tout vous dire, mais toujours certaines choses sous le sceau du secret. N'allez point les répéter à Vincente, pour venir me dire ensuite que ce sont vos rêves qu'elle raconte: c'est ridicule! Ah! j'étais bien occupée de votre dîner de baptême! D'abord je n'y allais qu'à mon corps défendant. Ce quatorzième, auquel on a donné un nom impossible, ne m'intéresse pas du tout, et je ne sais quelle figure j'aurais faite à M. le Premier et à son impertinente épouse. Ces gens-là nous traitent vraiment par-dessous la jambe, et dans l'intimité ils arrangent joliment la société de Questernac. Ah! j'ai un bon moyen maintenant de me venger d'eux. Avait-elle daigné assister au repas?

— Oui, et elle n'a pas paru trop revêche. Mais toujours ses airs indolents et mille manies. Le croiriez-vous? C'était Bengale avec laquelle elle causait le plus. Moi, du reste, je n'ai fait que le strict nécessaire en fait de politesse. J'étais la seule. Elle avait ensorcelé le clan : il n'y a pas eu un verre de renversé, pas une assiette de cassée, pas un juron de lancé. Je ne les reconnaissais pas. Ce dadais de Roland le Furieux n'a-t-il pas dit en plein salon, en s'adressant à moi: « Qui est-ce qui nous effrayait et nous disait des bêtises sur Mme Boisglesquen? Elle est joliment aimable et simple, surtout auprès de Mlle Julie Bigouldan qui fait tant de grimaces. » J'étais pâle d'indignation.

— Il y avait bien de quoi, ma chère, dit Mlle Julie qui avait rougi; mais laissons ces sauvages et revenons à notre grande affaire. Hier matin je vous avais quittée en vous promettant d'assister au dîner, malgré les répugnances que j'éprouve à me trouver avec ces Boisglesquen. Le facteur arrive. Une lettre de Marseille. Quelle lettre! Elodie! Je ne vous la montrerai pas, car je l'ai placée dans une boîte à bijoux pour la sauver d'Angélique, qui jette au feu tous les papiers qu'elle trouve. Je vais vous en dire le contenu; je vais vous stupéfier, mais ne m'interrompez pas par vos exclamations ordinaires. Je suis très fatiguée et mes oreilles bourdonnent. Etes-vous résolue à m'écouter en silence? »

Elodie répondit par un énergique signe de tête, n'osant pas prononcer même le mot: oui, tant le ton de son amie Julie était impérieux.

Voici donc ce qu'Emmanuel m'écrit:

« Un de ses navires est revenu chargé des produits de son royaume africain, entre autres d'un... le nom m'échappe, d'une pâte... Non, ce n'est pas encore à l'état de pâte... Enfin, Elodie, vous devez savoir ce que c'est. Il en fut parlé chez moi, à son passage à Questernac.

— Je n'ai pas l'idée de ce que vous voulez dire.

— Comment, vous ne vous rappelez pas qu'il nous promit de revenir avec les gens qui étudieraient les procédés de notre grande fabrique de porcelaine?

— Certainement il a dit cela.

— Parce qu'il y avait dans son royaume un... superbe, un quoi... Elodie? »

Elodie se creusait en vain la tête, le nom lui échappait.

« Est-ce que cela ne commence pas par un *r?* dit-elle timidement.

— Quelle mémoire vous avez! dit Julie avec impatience. Si je n'étais si bouleversée, je l'aurais sur la langue, ce mot. »

Elle ferma un instant les yeux et les rouvrant tout à coup :

« J'ai trouvé, dit-elle: du *koalin;* il a d'immenses réserves du plus beau *koalin* du monde; la manufacture de Sèvres voudrait les lui acheter, mais il aime mieux donner le goût des arts à ses sujets et fonder une manufacture qui enverra ses produits dans le monde entier. Recevant d'un côté ce *koalin* et de l'autre de bonnes nouvelles du gouvernement qu'il a établi en son absence, il a écrit à un notaire de Questernac, qui s'est occupé d'obtenir les permissions nécessaires à la porcelainerie et de lui trouver une habitation. Il passera six mois, peut-être un an, parmi nous.

— Quel bonheur! »

Cette exclamation, échappée à Elodie, lui valut un coup d'œil plein d'ironique dédain.

« Elodie, dit Mlle Julie, laissez-moi saisir l'occasion de vous dire que vous caressez un rêve impossible. N'allez pas vous imaginer que le baron Bigouldan ait jamais l'intention de vous épouser.

— Julie, je vous assure que...

— Que... que vous vous montez la tête et que je crois prudent de vous conseiller un peu plus de réflexion. Et savez-vous pourquoi j'insiste aujourd'hui sur cette question délicate?

— Non, je ne sais pas, balbutia Elodie.

— Parce que je vais sans doute, en qualité de parente, présider les réceptions chez Emmanuel et que je ne pourrais vous inviter autant que je le voudrais, si... si... vous n'en aviez pas fini avec l'ambition ridicule que je vous ai connue et le projet fou que vous caressez encore. »

Elodie protesta qu'elle ne caressait rien

du tout, qu'au premier moment elle avait peut-être caressé le projet de regagner le cœur de l'infidèle, mais que depuis qu'il était apparu dans son appareil royal, elle avait éteint ses espérances.

« Eteignez-les tout de bon, conseilla Julie; mettez dessus un éteignoir solide et vous jouirez avec moi de tous ces plaisirs qui vont révolutionner Questernac. Vous ne détestez pas les fêtes, nous en donnerons de splendides. Emmanuel veut renouer ses anciennes relations, et il a loué pour un an, à un prix fabuleux, le magnifique hôtel Saint-Amand. Le notaire m'a dit qu'il avait affaire à un client qui était bien lesté d'argent, si l'on en croyait ses agissements.

— Ainsi, il vient demeurer à Questernac? dit Elodie avec effort; j'ai encore une certaine peine à me figurer que cela soit.

— Cela est, le bail a été signé par moi hier au soir, précisément à l'heure de votre souper de baptême. Seulement il est bien entendu qu'il revient en sa simple qualité de baron Bigouldan, pour s'occuper en simple particulier des affaires de son royaume. L'acte ne porte aucun de ses nouveaux titres, il s'y est refusé. C'est l'homme le plus simple du monde, et il connaît bien son Questernac. Il s'est fait jadis des ennemis par sa haute élégance et sa suprême distinction; les jaloux ne pourraient avaler sa royauté, et il la dépose, heureux, dit-il, de se retrouver au milieu de ses parents, de ses amis et de vivre pendant quelques mois comme un simple mortel.

— Quand arrive-t-il? demanda Elodie.

— Il ne me fixe pas une date exacte, mais il me demande de l'avertir sitôt que les tapissiers auront fini. On rafraîchit les peintures, on remeuble le vieil hôtel du haut en bas. Il a donné tous ses ordres. On voit bien qu'il a de l'or à volonté.

— Me permettez-vous d'annoncer son arrivée au clos? dit Elodie en se levant.

— A qui vous voudrez, ma chère. La location de l'hôtel, le mouvement des ouvriers ont ameuté la curiosité, et je ne sais comment on a tout appris. Vous ne ferez pas un pas dans Questernac sans entendre parler d'Emmanuel. Du reste je vous tiendrai au courant. Néanmoins, à l'avance, je vous engage à vous occuper de votre toilette. Il va falloir faire des folies, ma chère. Angélique s'occupera de mes dentelles. Votre sœur en avait de très belles, qui formeraient une riche garniture à votre robe verte. Voyez aussi à ajuster un peu Agathe. Elle pourra vous accompagner. Ce n'est pas trop tôt de faire à vingt et un ans ses débuts dans le monde. Emmanuel m'a demandé la permission de joindre mon nom au sien pour les invitations, afin que les dames de Questernac pussent amener leurs filles : ce dont elles seront joliment contentes. »

Cela dit, elle se leva à son tour et reconduisit Elodie jusqu'à la porte d'entrée.

Elodie trébuchait presque en quittant cette maison où elle avait appris de si étranges nouvelles.

Mue par un sentiment de curiosité invincible, elle prit une rue détournée et marcha vers la petite place où s'élevait l'hôtel Saint-Amand. Il en occupait tout un côté. C'était un très beau bâtiment, aux arêtes et aux balcons de granit, qui avait été habité longtemps par la plus ancienne et la plus opulente famille de Questernac.

L'unique héritier du nom vivait à Paris et en Touraine et ne passait guère que quelques semaines dans l'hôtel qu'il s'était empressé de louer, à la première ouverture qui lui avait été faite. Mlle Elodie vit toutes les fenêtres ouvertes, des ouvriers se balançaient devant la façade dont on grattait la pierre.

Cette vue fit dissiper l'espèce de nuage qui flottait dans son cerveau depuis les confidences de Mlle Bigouldan.

La réalité était là, il n'y avait plus de doute possible.

Elle retourna au clos d'Ahault à grandes enjambées, la nouvelle sur la langue, et, trouvant Michelle tout d'abord sur son passage, elle daigna la lui apprendre.

CHAPITRE XVI

LA PREMIERE VISITE

Quelques jours après la grande fête de Pâques, célébrée à Questernac avec une grande pompe et une religieuse ferveur, M. du Galadoc se promenait en fumant dans son enclos dépouillé, dont les allées étaient encore jonchées de feuilles mortes.

M. du Galadoc ne pouvait chasser ce jour-là, bien que le temps fut relativement doux et clair. Castor s'était enfoncé une épine dans la patte, et chasser sans Castor était impossible.

Retenu à la maison, il s'était fatigué de lecture et il arpentait son jardin en faisant craquer les feuilles sèches sous les talons de ses sabots.

Tout à coup il s'entendit appeler. Il se détourna et aperçut sa belle-sœur.

« Je viens me promener un peu par le jardin, dit Elodie. Voici bien des jours que je n'ai mis le nez dehors.

— Pas même pour aller voir votre affairée amie Bigouldan? dit M. du Galadoc qui la suivait machinalement en préparant une seconde pipe.

— César, que voulez-vous que j'aille faire chez Julie, après les impertinences qui lui ont été dites dans cette maison?

— On lui a dit des impertinences?

— Eh! vous le savez bien! Non seulement on lui en a dit, mais on lui en a fait.

— Qui?

— Vous, moi, tout le monde.

— Si vous vous expliquiez.

— Comment, ce n'est pas clair? Elle n'est pas venue dix fois nous demander si nous comptions continuer à tourner le dos à son cousin Emmanuel, alors que toute la société s'empressait de le visiter?

— Ma chère, dit M. du Galadoc après avoir lancé avec art une magnifique bouffée de fumée, la ville entière irait chez Emmanuel que je ne l'imiterais pas.

— Mais voilà ce qui m'étonne, ce qui fâche Julie... et ce qui me fâche moi-même.

— Ma foi, tant pis; mais je n'ai jamais vu qu'on fît visite le premier à un homme qui venait s'installer chez vous sans crier gare.

« S'il était marié, peut-être serait-il poli d'aller saluer sa femme, et encore!

— Mais, César, vous oubliez sa position.

— Sa royauté, n'est-ce pas? »

Et M. du Galadoc éclata de rire.

« Il l'est, et quand vous ne le voudriez pas, dit Elodie d'une voix étranglée.

— Je le veux bien, c'est un assez grand farceur pour arriver à vous tourner la tête à tous. Pour moi, je ne crois pas un mot de ce que l'on me conte. Son journal, son *koalin*, ses nègres, son secrétaire, ses diamants, tout cela c'est... pardon, mais la vérité me force à le dire, c'est de la blague.

— César, vous m'affligez, dit Elodie. Au lieu d'être fier de ce qui est un sujet de gloire pour Questernac, vous prenez un méchant plaisir à jeter le ridicule sur un homme qui est connu et apprécié ce qu'il vaut par les autres. Vous nous privez de gaîté de cœur de fêtes qui n'auront jamais leurs pareilles à Questernac. Agathe a l'âge de paraître dans le monde, Agathe est au désespoir. Elle entend parler des réceptions que présidera Julie et s'en voit privée par vos entêtements.

— Elodie, que diable! je ne peux cependant pas me jeter à la tête d'Emmanuel, même en mettant de côté ses prétentions comiques. Qu'il vienne au clos d'Ahault, je lui rendrai sa visite et votre amie vous invitera.

— César, César!

— Eh bien?

— Le voilà!

— Qui?

— Emmanuel! Oh! ma robe! ma coiffure! mes mitaines! »

Elle se sauva en courant vers la maison, et M. du Galadoc resta un moment ébahi. Il apercevait dans le chemin un beau landau traîné par des chevaux blancs à la crinière de neige, qu'un cocher en flamboyante livrée maintenait au repos.

Il ne pensa pas à sa toilette et s'avança, avec ses gros sabots et sa pipe à la bouche, au-devant de M. Emmanuel Bigouldan qui entrait dans la cour, enveloppé dans une pelisse de fourrures, ganté de rouge et de fines bottines aux pieds.

Il précipita sa marche en voyant M. du Galadoc se diriger de son côté. En arrivant auprès de lui, il tendit les deux mains et s'écria :

« Mon cher César, tu as ma première visite à Questernac.

— Ma foi, Emmanuel, je l'ai attendue, comme tu vois, et en cela je me suis, il paraît, distingué de bien des gens qui se sont empressés de renouer connaissance.

— J'ai été, en effet, très bien accueilli, dit le baron, non sans fatuité. Je le dois à ma cousine Julie, qui est d'une obligeance charmante.

— Elle n'a plus que toi à la bouche, c'est certain. Veux-tu entrer? Elodie s'est sauvée en apercevant ton équipage. Il est, ma foi, très beau. Tu vas révolutionner Questernac.

M. DU GALADOC S'AVANÇA, LA PIPE A LA BOUCHE, AU-DEVANT D'EMMANUEL BIGOULDAN

« Tu ôtes ton paletot, tu as tort. On gèle dans notre salon quand il n'y a pas de feu à pleine cheminée. Entre, entre donc, que diable! tu connais les aîtres ici. Je tire mes sabots, je demande du feu et je suis à toi. »

M. Bigouldan ouvrit la porte qui lui était indiquée et entra dans le salon, qui était, en effet, très sombre et très glacial, la cheminée ne présentant ni flamme, ni feu.

Il avait eu à peine le temps de s'asseoir, que M. du Galadoc entra, suivi par Michelle, qui portait un demi-fagot dans ses bras et des pommes de pin dans son tablier.

« Approche, mon cher, approche, dit M. du Galadoc, qui traînait un fauteuil aux côtés de la cheminée. Le feu pétille déjà; veux-tu le soufflet, Michelle? Non. C'est bien, le voilà parti. »

Michelle disparut, et M. du Galadoc reprit, en regardant le revers gauche de l'habit de M. Bigouldan, qui était constellé de rubans multicolores:

« A quand la fin de cette comédie, Emmanuel? »

Le baron, qui caressait sa barbe soyeuse, eut un superbe mouvement de tête, et répondit gravement :

« Mon cher César, la vie elle-même n'est qu'une comédie; tu sais comment toutes les comédies finissent. »

M. du Galadoc haussa les épaules.

« Mon cher, dit-il, ces airs de pontife ou de roi ont le don de faire perdre la tête aux femmes; mais avec moi tu feras bien d'être plus simple, si tu veux que je te prenne au sérieux,

— César, autrefois tu n'aurais pas eu de ces doutes! La tête s'est refroidie, je le vois, répondit le baron avec un sourire très fin.

— Pas assez encore, pas assez, mais les cheveux et la barbe grisonnent et on n'avale plus comme de l'eau les histoires contées par des songe-creux.

— Tu seras cependant obligé d'avaler ma fortune, que tu toucheras de tes mains, si tu veux.

— Ta fortune, passe encore. On a vu les gens s'enrichir subitement; on a vu des paniers percés dont on raccommodait assez bien les trous pour qu'ils s'emplissent de nouveau. Je t'accorde la fortune, mais tes billevesées de royauté... non.

— Cela est cependant. Si la même aventure te fût arrivée, elle aurait produit les mêmes résultats.

— Voyons l'aventure. Tu as bien le temps de me la conter avant l'arrivée de ces dames. Elodie, qui prend au sérieux ta majesté, fait une toilette de gros calibre et nous laissera le temps de causer. »

Le baron plaça la semelle de ses bottes vernies devant le feu, s'appuya commodément au dossier de son fauteuil, ferma à demi les yeux et raconta brièvement son histoire depuis son départ de Questernac.

Il avait voyagé, s'était ruiné, avait appris plusieurs langues, avait été drogman d'un ambassadeur et un beau jour s'était embarqué avec deux savants qui cherchaient à pénétrer au cœur de l'Afrique. Ces pauvres savants, malheureusement, étaient de médiocres guerriers; ils avaient attendu à faire le coup de feu avec les sauvages, sous prétexte d'humanité, et ils avaient disparu, un jour qu'ils s'étaient éloignés du camp en botanisant.

Lui, Emmanuel, ne botanisait pas. Armé jusqu'aux dents, ainsi que le jeune homme qui servait de domestique aux savants, il tenait les sauvages en respect et les tuait comme des chiens quand ils approchaient trop près.

Il avait pu ainsi gagner une contrée plus hospitalière. En ce pays magnifique où les fleuves charriaient de l'or, il avait rencontré des sauvages d'un caractère doux, qui étaient en train d'inhumer leur souverain: les cérémonies duraient depuis trois mois. A ceux-là, les étrangers avaient inspiré une salutaire terreur.

Le baron s'était affublé de ce que contenait de confortable la défroque des pauvres savants, et il n'avait pas vécu quelques semaines parmi les sauvages qu'ils lui offraient le trône vacant.

Il avait été frappé des richesses que contenait le pays. Il avait consenti à s'affubler des ornements bizarres de cette royauté primitive et avait joué avec assez de bonheur le rôle qui lui avait été donné. Puis il avait pris la comédie au sérieux. Il avait attiré plusieurs Européens, aventuriers comme lui, et cette terre, trois fois grande comme la France, était devenue une sorte de pays civilisé.

Il y avait une dizaine d'années de cela.

Tout était prêt pour les grandes entreprises, la population européenne remplissait les villes, et les sauvages se civilisaient rapidement.

« Et c'est ainsi que je suis devenu roi, conquérant, civilisateur, dit le baron en finissant. J'avais trouvé là l'emploi de facultés qui s'étiolaient en la petite vie rétrécie que nous menons, et je n'ai plus qu'un désir: faire partager à mes compatriotes cette fortune qui est encore à l'état brut, établir entre la France et Blackboulala des relations commerciales, qui bientôt transformeront ce splendide pays en une possession française.

— Et ton trône, Emmanuel? ton trône, ne croulera-t-il pas du coup?

— Je ne le crois pas; le pays est monarchique, il ne comprendrait pas l'autorité suprême exercée sans faste, sans cérémonial, sans stabilité. Du reste, ne pouvant fonder une dynastie, puisque je n'ai pas d'héritier, j'abandonnerai le trône sans peine. Là-bas, je suis surtout un industriel, un commerçant, un fondateur. Extraire les diamants de nos mines, cueillir l'or de nos rivières, exploiter nos forêts pleines de bois précieux, construire des chemins de fer, ouvrir des communications jusqu'à la mer, voilà ce qui m'occupe avant tout.

— Et que viens-tu extraire de Questernac?

— On a découvert, auprès de Blackboulala, du kaolin magnifique; je suis en correspondance avec Sèvres, pour en fournir à sa manufacture. Je crois qu'il y a une nouvelle source de richesse pour nous, si nous l'employons sur place. Un de mes ingénieurs m'a conseillé d'envoyer mon futur directeur étudier les procédés de votre porcelainerie; les affaires que je traite à Paris ne sont pas terminées, mais je peux les traiter par correspondance; il m'est venu la pensée de prendre un temps de repos à Questernac. J'ai loué pour huit mois l'hôtel de Saint-Amand. Après les équinoxes je repartirai avec les ouvriers que j'aurai embauchés, et jusque-là j'habiterai cette bonne ville qui me rappelle tant de souvenirs.

— A tous les cœurs bien nés que la patrie est chère, déclama M. du Galadoc. Ce qui me surprend, c'est que tu aies tardé si longtemps à réjouir ta ville natale, tes parents et tes amis du récit de tes étonnantes aventures.

— Je me croyais oublié, dit modestement le baron. Je n'avais conservé aucune relation à Questernac, pas même avec ma bonne cousine Bigouldan, qui pousse le dévouement jusqu'à diriger mon ménage de garçon.

— Ce dont elle est enchantée, je suppose. Elle aime tant à s'occuper du ménage des autres. Mais n'en disons pas de mal, voici Elodie qui arrive, et Elodie et elle sont devenues les deux doigts de la main. Ventre-saint-gris! on a mis toutes voiles dehors en ton honneur, et le clan va t'être présenté sans doute. »

Elodie, en effet, ne s'avançait pas seule; Agathe, en grande toilette, marchait à ses côtés, et derrière ces dames les quatre garçons venaient à la file indienne.

« César, présentez vos enfants à M. le baron, dit Elodie lorsqu'elle eut répondu avec une amabilité émue aux saluts magnifiques de M. Bigouldan.

— Sont-ils tous là, Elodie? Et le collège! Ah! nous sommes au jeudi... Emmanuel, voici mon aînée: Agathe; ce grand gaillard, c'est Charles, que j'appelle Charlemagne; celui-là, Roland, qui mérite quelquefois qu'on ajoute: le Furieux; plus loin, Corentin et Colomban, de mauvais écoliers, mais de bien bons enfants. Eh bien, et Bengale? Bengale manque. Où est Bengale?

— Je vais la chercher, papa », cria Corentin.

Le baron daigna faire attention à Bengale, qu'il trouva très jolie, et Bengale, embarrassée de ses compliments, se sauva.

Une conversation assez décousue s'ensuivit.

Le baron s'enquit des Boisglesquen, chez lesquels il comptait se rendre. On lui répondit qu'ils étaient allés passer l'hiver à Paris, selon leur habitude, et que la villa Maurice ne se rouvrirait qu'en mai.

On le reconduisit jusqu'à son équipage, qui fit l'admiration des jeunes gens. M. du Galadoc, entouré de ses fils, suivit quelque temps la voiture des yeux.

« Eh bien, César, s'écria Elodie, qu'en pensez-vous? Nous direz-vous encore que nous rêvons debout? »

M. du Galadoc leva les deux bras au ciel et, dans un éclat de rire, s'écria:

« Ventre-saint-gris, quel blagueur! »

CHAPITRE XVII

LES PROJETS. — LE TIGRE

ELODIE et Agathe se promènent mélancoliquement sur ce qu'on appelle les Rotondes. C'est la promenade publique de Questernac: de superbes allées de châtaigniers et de tilleuls séculaires convergent vers un rond-point où la musique de la ville se fait entendre le dimanche. La tante et la nièce sont mélancoliques, parce qu'elles ont fait des visites et que les personnes qu'elles tenaient à voir n'étaient point chez elles. Même la porte de Mlle Julie Bigouldan s'était trouvée fermée, et Elodie tenait à parler de Mlle Julie, qui avait déjà présidé à l'hôtel Saint-Amand des dîners pour lesquels son beau-frère avait reçu des invitations qu'il avait déclinées.

« Si nous ne nous expliquons pas avec Julie, dit Elodie à Agathe, on ne nous invitera plus. Libre à ton père de refuser les dîners; mais je serais bien ennuyée de manquer les soirées de musique et les bals, surtout à cause de toi.

— Ce serait bien ennuyeux, maintenant que ma toilette est achetée, avait riposté Agathe. Allons voir Mlle Bigouldan, ma tante, et faisons-nous inviter à la place de papa, puisqu'il veut vivre comme un ours. »

Elles s'étaient parées; par ce temps froid mais sec, leurs ajustements n'avaient rien à craindre, et elles avaient commencé leurs tournées de visites par Mlle Julie. La porte était demeurée close, et les persiennes, fermées aussi, leur révélèrent l'absence des demoiselles Bigouldan.

« Julie passe sa vie chez le baron, dit Elodie, non sans une pointe de jalousie, elle devrait bien au moins nous avertir qu'il est désormais inutile d'aller la chercher chez elle. »

Elles n'avaient pas été plus heureuses chez leurs autres connaissances et, en désespoir de cause, afin de ne pas manquer absolument leur effet de toilette, elles étaient allées arpenter les Rotondes.

Tout à coup Agathe vit sa tante s'arrêter et relever son voile.

« Ma tante, à qui cette belle voiture? demanda ardemment Agathe, devinant bien vite la cause de cet arrêt.

— Je ne sais..., je ne connais pas ce beau cheval bai, ni ce coupé bleu rechampi de rouge. Descendons, Agathe, nous verrons bien qui sera dedans. »

Elles descendirent une rampe rapide et se trouvèrent dans la dernière allée qui bordait la rue.

Le coupé arrivait.

« Cette livrée rouge et or! murmura Elodie; c'est lui!

— C'est Mlle Julie Bigouldan, ajouta Agathe; elle fait arrêter. »

En effet, le visage jaune de Mlle Julie se montrait derrière la vitre et le cocher arrêtait son cheval. Elodie et Agathe s'élancèrent à la portière, dont la glace s'abaissa.

« Bonjour, petite, dit Mlle Julie avec un geste protecteur. Elodie, approchez, j'ai à vous parler. »

Elodie avança sa tête dans la voiture.

« Nous revenons de chez vous, Julie, dit-elle, et bien ennuyées de ne pas vous avoir rencontrée.

— Ne savez-vous point qu'Angélique et moi passons nos journées à l'hôtel Saint-Amand? Dans ce cas, vous seule l'ignorez à Questernac.

— Je ne l'ignore pas tout à fait, Julie. Hélas! pourquoi mon beau-frère a-t-il répondu si grossièrement aux avances de M. le baron? Lui a-t-il même rendu sa visite? Je n'en sais rien. »

Mlle Julie sourit.

« Il nous est arrivé un soir, dit-elle, botté, éperonné, coiffé de son vieux tromblon. Emmanuel était sorti. Vous eussiez dû l'accompagner et au préalable le faire s'habiller.

— Julie, je n'en puis rien obtenir, il a des préventions terribles!

— Cela nous contrarie; on commence à remarquer l'absence de la famille dans nos fêtes. Il viendrait une fois qu'il serait captivé. Emmanuel reçoit en prince. N'avez-vous pas entendu parler de nos dîners, de nos soirées avec soupers assis?

— Julie, comment voulez-vous que nous demeurions dans l'ignorance là-dessus? On ne parle que de cela, et l'eau nous vient à la bouche. Nous ne sommes plus en grand deuil. Agathe grille d'aller aux soirées; les grands garçons, qui sont gourmands, ne seraient pas fâchés de goûter d'une cuisine qu'on dit extraordinaire. Mais le père fait la sourde oreille.

— Comment le sortir de cette apathie? dit Julie pensivement. Si nous lui faisions un cadeau! Emmanuel a un appartement plein de raretés et il en donne à tout le monde. Hier, il a envoyé au comte de Bricar, qui devient notre intime, une pipe qui eût fait le bonheur de M. du Galadoc. Je vais lui conseiller de faire un cadeau à son ancien ami. Quelque sauvage qu'il soit devenu, il sera bien obligé de venir remercier, et on l'entraînera aux réunions.

— Arrangez cela, ma chère Julie, dit Elodic vivement. Moi, j'ai usé de tous les moyens. Je l'ai menacé de le quitter, il m'a ri au nez.

— C'est un vrai loup de brousse, répondit Julie, et, à la place d'Emmanuel, je le laisserais à son clos d'Ahault. Mais mon cousin est si bon, que son absence le peine. « Cette belle famille du Galadoc m'intéresse, m'a-t-il dit souvent, je regrette vivement que César se tienne ainsi à l'écart à cause de ses fils. »

Elle demeura un instant pensive.

« Ma chère Elodie, dit-elle tout à coup, l'idée d'un cadeau est très bonne. Je vais parler de cela à Emmanuel. Il connaît son monde, il choisira ce qui flattera le plus votre beau-frère. Adieu ! adieu ! »

Elle fit un geste protecteur de la main gauche à l'adresse d'Elodie qui se reculait et tira de la droite sur le gland d'un cordon de soie. Le cheval repartit bon trot.

« Elle aurait bien pu nous reconduire dans sa voiture, dit Agathe aigrement.

— Son cousin l'attend, et elle a une très grave affaire à traiter avec lui, » répondit Elodie.

Et, se remettant en marche, elle ajouta :

« Quête un peu tes frères pour ta toilette. Je te le prédis, nous irons à la soirée. »

Agathe eut grand'peine à retenir un bond de joie.

« Ma tante, en êtes-vous sûre, cette fois ? dit-elle ; vous m'avez si souvent promis cela.

— C'est Julie elle-même qui m'a dit que son cousin ne pouvait plus supporter notre absence. Nous allons voir comment elle s'y prendra pour triompher de l'apathie de ton pauvre père. »

En arrivant au clos d'Ahault, elles se pénétraient encore d'espérance, et pour la première fois depuis la visite du baron Elodie ne prononça pas son nom et ne fit aucune allusion à ses fêtes. Elle parlait peu d'ailleurs, dans sa préoccupation. Julie Bigouldan avait montré une bien bonne volonté ; mais, après l'emploi du nouveau moyen, ne laisserait-elle pas à leur sauvagerie ces gens du clos d'Ahault qui auraient dû être les premiers courtisans du roi de Blackboulala ?

L'après-midi se passa comme à l'ordinaire. M. du Galadoc revint de la chasse aux vanneaux en annonçant qu'il neigerait sous peu, bien qu'on fût en mars, et fit allumer du feu dans la salle à manger : ce à quoi on ne pensait que durant les grands froids de décembre et de janvier. Elodie, le voyant transi, commanda un grog, qu'elle épiça fortement. Cette attention mit le chef du clan en belle humeur, et il reçut gaiement les admonestations de Michelle, qui assurait qu'il s'abîmait l'estomac en prenant ce genre d'apéritif avant dîner.

« Tu vas voir si cela m'a ôté l'appétit, dit-il gaiement. A quelle heure se met-on à table aujourd'hui ?

— A l'heure ordinaire, Monsieur ; ces messieurs sont tous arrivés.

— C'est bien heureux. Avec le système actuel de répétitions, on ne sait plus à quel moment l'on dîne. Sonne la cloche, Michelle. Ce froid donne une faim ! »

Michelle obéit et la grande table se remplit de convives aussi affamés que joyeux.

Elodie et Agathe seules paraissaient soucieuses. La grande soirée avait lieu le lendemain soir, et l'objet qui devait abattre les dernières résistances de M. du Galadoc n'était pas venu. Quand il leur fallut expliquer leur morne attitude, Elodie se donna la migraine et Agathe une rage de dents.

Michelle venait d'apporter le dessert, qui consistait en beurre, fromage et poires savoureuses, quand la sonnette extérieure retentit.

« La boulangère, sans doute, dit Vincente ; il a fallu demander un supplément de pain pour demain matin. »

Et, sur un signe énergique d'Elodie, elle sortit de la salle à manger. Presque aussitôt Michelle y entrait, tenant entre ses bras une caisse longue, large et plate.

« Monsieur du Galadoc, dit-elle. « Ceci est « adressé à M. du Galadoc », m'a dit l'homme tout en boutons dorés qui l'a apporté.

— De la part de qui ? s'écria Elodie, frappée soudain d'un rayon d'espoir.

— Mademoiselle, il n'a rien dit que ça : « Pour M. du Galadoc. »

— Débarrasse-toi donc de ça, Michelle dit M. du Galadoc avec bonté, tu en as jusqu'au menton.

— Oh ! Monsieur, ça a plus d'apparence que ça n'est lourd, dit Michelle en déposant la boîte sur le plancher.

— Vous permettez, papa ? s'écrièrent Colomban et Corentin en se précipitant dessus.

— Mon Dieu, oui, c'est sans doute un vieil habit oublié chez mon tailleur.

— Dans une si belle boîte ! oh non ! » s'écria Agathe, qui avait rejoint ses frères occupés à faire glisser les crochets du couvercle.

Charles était accouru à leur secours, tandis que ses frères poussaient un formidable hourra.

« Ventre-saint-gris ! s'écria M. du Galadoc, sommes-nous au 1er avril, ou s'est-on trompé d'adresse ?

— César, vous ne devinez pas ? s'écria Elodie.

— Ma foi non, et je ne suis pas sûr que cette bête me soit vraiment adressée. Charlemagne, si tu laissais cela dans sa boîte ? »

L'avis venait trop tard. Charles avait ôté de la boîte une superbe peau de tigre, et l'avait étendue sur la table, afin de la mieux exposer à l'admiration générale. Elle était digne d'être admirée : les pattes, aux ongles d'ivoire, s'élargissaient sur la nappe, la tête, plate et carrée, semblait animée par des yeux aux reflets sanglants ; les dents brillaient dans la terrible mâchoire. Pour des gens qui avaient à un degré supérieur l'instinct de la chasse, cette dépouille de tigre avait toute une éloquence.

Les garçons parlaient tous à la fois, rappelant les chasses au tigre et au lion qu'ils avaient lues. Elodie et Agathe tournaient et retournaient le couvercle de la boîte; M. du Galadoc se repaissait la vue de la bête superbe, tout en fumant sa pipe de dessert. Tout à coup Bengale entra, portant Goulven dans ses bras. Colomban et Corentin tournèrent immédiatement vers elle la gueule béante.

« Vous allez effrayer cet enfant, s'écria Michelle.

— Si c'est un vrai Galadoc, il n'aura pas peur, dit Charles.

— Bengale, fais-le embrasser le tigre, » cria Roland.

Bengale s'approcha et caressa la tête en regardant le petit Goulven, qui avait froncé ses blonds sourcils.

« Il est beau, le tigre, disait Bengale, il est joli: Goulven veut-il lui faire : men ? »

Goulven avança sa petite bouche et posa sa tête entre les oreilles pointues.

« Bravo! crièrent les garçons; il est du clan, Goulven, il est du clan. »

Bengale enchantée laissa l'enfant jouer avec la dépouille de la terrible bête.

Tout à coup elle jeta un cri : la petite main de Goulven s'était enfoncée dans la gueule du monstre. Bengale s'empressa de la retirer, et deux papiers tombèrent des petits doigts de l'enfant.

« Ventre-saint-gris! il est le plus fin de la bande, dit M. du Galadoc. Lis ces papiers, Charles. »

Charles en déplia un et lut :

« Emmanuel Bigouldan envoie à son am du Galadoc, en souvenir, la peau d'un tigr tué de sa main. »

— Autrefois, c'étaient des peaux de lapi dont nous nous faisions cadeau, dit M. d Galadoc en riant; le gibier a changé de na ture. Voyons l'autre billet.

« Le baron Emmanuel Bigouldan pri M. du Galadoc et sa famille de lui faire l'hon neur d'assister au dîner et à la soirée qu'i donne à l'hôtel Saint-Amand, le 28 cou rant. »

— Ventre-saint-gris, nous irons! s'écri M. du Galadoc. Nous ne pouvons faire autre ment, n'est-ce pas, Elodie ?

— Refuser, après de pareilles amabilités serait aussi grossier qu'indélicat, répondi Elodie; votre deuil ne peut être un prétext maintenant, nous sommes tous en demi deuil. D'ailleurs ces réunions ont un carac tère très sérieux. On parle affaires tout l temps. Charles, porte donc cette peau de tigr dans la chambre de ton père. Permettrez vous qu'il prenne votre vieille descente de li pour son usage personnel, César ?

— Certainement, certainement. Celle-ci m survivra, mes enfants, vous en hériterez. O diable Emmanuel a-t-il blessé ce tigre? L trou de la balle doit se trouver quelqu part. »

On visita la peau, on trouva le trou fai par le projectile, on découvrit de quelle ma nière et en quelle position le chasseur avai tiré, et finalement tout le clan s'en alla dan la chambre de M. du Galadoc, à la suite d Charles, qui portait triomphalement la pea du tigre sur ses épaules.

❁ ❁

CHAPITRE XVIII

FESTINS ET CONFERENCES

La date de la réunion où devait paraître à l'hôtel Saint-Amand le clan des Galadoc était arrivée.

Malgré le premier élan d'enthousiasme, il y avait eu bien du tirage, bien des pourparlers.

Le lendemain, M. du Galadoc était revenu sur la question du deuil qui lui tenait au cœur, et tout se serait rompu, si le magnanime baron n'avait, sur les instances de Julie et d'Elodie, supprimé la soirée dansante de cette réception.

Il l'avait remplacée par une conférence pour les hommes, qui ne serait point inaccessible aux dames. Son secrétaire, qui avait la langue bien pendue, traiterait scientifiquement de ce royaume de Blackboulala qui éveillait encore quelques défiances.

Cependant un parti s'était formé à Questernac, un parti d'admiration pour le baron.

On voyait ses ingénieurs à l'œuvre, il avait des ouvriers à la porcelainerie, il dépensait l'argent à pleines mains, son hôtel était hospitalier, son cuisinier nègre un Trompette pour l'habileté culinaire, sa cave remplie de vins exquis dont le bouquet ne se sentait pas souvent à Questernac.

De plus, il faisait aller le commerce de luxe, absolument atrophié dans la petite ville. En haut et en bas, il était louangé, admiré, béni.

Comme le disait Mlle Julie, il fallait être de ce clan du Galadoc pour résister à tant d'amabilité. Le clan ne persista pas dans sa résistance et ce fut un beau moment pour Elodie que celui où M. du Galadoc et ses fils aînés quittèrent les premiers le clos d'Ahault pour se rendre à l'hôtel Saint-Amand. Il n'y avait de dames à ce dîner que les demoiselles Bigouldan. Mlle Julie tenait la place de la maîtresse de la maison, et Mlle Angélique avait la charge d'examiner si le service se faisait bien.

Les Galadoc furent reçus avec une distinction marquée.

Le baron désigna lui-même M. du Galadoc comme cavalier à Mlle Julie Bigouldan, qui triomphait sur toute la ligne. Ses intrigues avaient puissamment aidé M. Bigouldan à conquérir cette grande influence sur la société de Questernac.

On ne pouvait penser qu'une personne, renommée pour sa haute sagesse et sa prudence consommée, pût témoigner tant de confiance et tant d'amitié à un homme dont elle n'aurait pas parfaitement connu les tenants et les aboutissants.

« Mademoiselle Julie, soyez-en sûre, est allée au fond du sac, disaient les bonnes têtes de Questernac. Elle ne serait point avancée comme cela, si elle ne savait la vérité vraie sur la position de son cousin. »

Le luxe des réceptions avait fait le reste.

Mais il y avait cette famille du Galadoc, ce terrible clan qui demeurait malhonnêtement à l'écart et d'où sortaient des ricanements insolents. Il s'était rendu, et ce soir-là elle était doublement rayonnante en s'avançant vers la salle à manger au bras du chef du clan.

Enfin, la dernière conquête était faite, tout bruit discordant se taisait. Questernac et ses environs passaient par les salons du roi de Blackboulala.

Le journal était lu, dévoré, commenté, et les boutiquiers, en le lisant, hochaient la tête avec fierté.

« Ce cerveau brûlé de Bigouldan, qui n'avait fait qu'une bouchée de sa fortune, avait pourtant une crâne intelligence de fonder comme cela un royaume où les rivières charriaient de l'or et où le pétrole coulait en ruisseaux. »

A l'hôtel Saint-Amand, les Galadoc, il faut le dire, furent émerveillés. Les jeunes gens surtout ne s'étaient jamais trouvés à pareille fête. Ils firent honneur aux mets choisis qui leur furent servis, et découvrirent des vins inconnus.

On prit le café, les liqueurs, et l'assemblée était arrivée à ce degré d'animation qui engendre une inépuisable gaîté et une universelle bienveillance, quand un domestique ouvrit la porte à deux battants et dit :

« Monsieur le baron, la salle des conférences est ouverte. »

On se rappela qu'il y avait une conférence et l'on se précipita sur les pas du domestique, sans même attendre le maître de la maison.

M. du Galadoc et ses deux fils, n'étant saisis d'aucune curiosité, demeurèrent dans le fumoir en compagnie d'un petit groupe qui entourait le baron. M. du Galadoc savourait sa bonne pipe d'écume, Charles et Roland fumaient de gros cigares dont ils avaient plein la bouche.

« Tu n'assistes pas à la conférence, César ? dit tout à coup la voix du baron qui venait de reconduire jusqu'à la porte ses derniers convives.

— Mon cher, je suis rouillé sur les conférences, repartit M. du Galadoc en riant. Et voilà mes fils qui n'en sont pas plus soucieux que moi. Ils aiment mieux fumer tes cigares, excellents, il paraît.

— Ces jeunes gens sont tes fils? dit le baron en mettant son lorgnon.

— Mes deux aînés, Emmanuel, de beaux garçons, de braves-cœurs, mais ayant fait leurs études un peu à la diable.

— Messieurs, dit le baron en prenant ce que Mlle Julie appelait son air royal, vous avez tort de manquer la conférence qui est faite par un de mes ingénieurs. Je sais des dames qui ont demandé comme une faveur d'y assister. Ce ne sera ni absolument technique, ni long, ni ennuyeux. »

Charles et Roland jetèrent leur cigare.

« Votre père et moi nous vous suivons, reprit le baron. Allons, mon vieux César, remets ta bouffarde dans son étui et suivons ces jeunes gens. »

M. du Galadoc obéit. Le baron suivait Charles et Roland du regard.

« Que feras-tu de ces beaux garçons? demanda-t-il à M. du Galadoc.

— Que veux-tu que j'en fasse, sinon des hommes d'épée? J'aurais voulu les faire entrer à Saint-Cyr; ils sont assez intelligents pour cela; mais ça chasse, ça pêche, ça aime mieux l'exercice que le théorème.

— Personne ne le comprend mieux que moi, répondit le baron; nous avons été comme cela, César. Ah! si tu voulais me donner ces deux garçons-là, je ne serais pas embarrassé pour leur trouver des emplois en rapport avec leurs goûts.

— Si tu as des tigres à chasser, ils feraient bien ton affaire; ce sont des tireurs de premier ordre.

— J'ai des tigres, et j'ai des noirs. Il ne faut pas se figurer que tout est parfaitement paisible là-bas. Il me faut une armée régulière pour contenir les sauvages qui ne sont pas soumis encore. Mais tu vas entendre parler de cela par mon petit ingénieur, dont je ferai un ministre des travaux publics. »

En disant ces paroles, il introduisit M. du Galadoc dans une grande salle tendue de vert, aménagée pour la circonstance.

Les banquettes étaient à peu près remplies. Les dames, assises au premier rang, se trouvaient les plus rapprochées de la petite estrade où se tenait l'orateur. A cette estrade aboutissait une longue table couverte de registres, de parchemins et de papiers imprimés. M. du Galadoc s'assit au dernier rang derrière ses fils.

Le baron alla s'asseoir dans l'embrasure profonde de la fenêtre. Le lourd rideau le cachait à moitié, et on apercevait de profil son visage aux lignes sculpturales. Les yeux fixés au plafond, il semblait plongé dans une sorte de rêverie extatique, d'où rien ne le tirait, pas même la voix aigrelette de l'orateur, qui avait saisi une gaule blanche, à l'aide de laquelle il pilotait les auditeurs à Blackboulala.

« Pour être mieux explicite, cria tout à coup l'ingénieur, et me faire mieux comprendre de ces dames, je vais supposer le départ d'un voyageur qui part de Questernac. Je le conduirai à Marseille, je le ferai embarquer sur celui de nos navires qui appareille demain pour Blackboulala. Nous suivrons le vaisseau jusqu'à destination. »

L'idée de ce départ imaginaire de leur bonne ville, si bien enfouie dans ses bois, enflamma la curiosité des Questernacois présents, et tous les yeux suivirent avec un intérêt visible les mouvements de la baguette blanche qui traçait ce merveilleux itinéraire.

A la suite de cette baguette magique, on traversa rapidement les océans, on franchit bravement les cascades, on descendit mollement les fleuves, on arriva frais, dispos, bien portant, dans cette capitale dix fois grande comme Questernac.

« Du reste, mesdames et messieurs, finit l'ingénieur en montrant du geste une table couverte de cartes, de plans et de papiers multicolores, les projets grandioses de M. le baron de Bigouldan sont là, écrits et clairement expliqués. Faire dériver vers sa patrie les richesses contenues dans son royaume, tel est son but. Les nations étrangères lui ont fait en vain les offres les plus magnifiques. Sa devise est : *Pro patria*. Nous l'avons tous imité : « Tout pour la patrie, » nous sommes-nous écriés. »

Et prenant son chapeau, il descendit de son estrade, et alla galamment offrir le bras à Mlle Julie, sur laquelle ses paroles avaient produit l'effet d'un breuvage enivrant.

Les auditeurs les suivirent et firent lentement le tour de cette longue table. Les uns étudiaient les plans, les autres les projets de Sociétés. L'ingénieur donnait des explications, et le secrétaire en fournissait également. Tout à coup il s'arrêta devant un immense registre, et posant la main dessus :

« J'ai une bonne nouvelle à annoncer aux habitants de Questernac, dit-il. Nous avons retiré à l'Angleterre les vingt mille actions qu'elle avait souscrites dans notre Société M. le baron met ce placement au premier rang de ses entreprises financières, avant même la Société des mines d'or, car la terre ne peut s'évanouir dans un creuset. Voici un à-peu-près des conditions. »

Il se saisit d'une feuille imprimée, et lut :

« Cent hectares, terres labourables et forêts : cinq cents francs. Plus un petit droit de gérance qui se débat entre le propriétaire et nous. Cela vaudra mille francs dans un mois, dix mille l'année prochaine, plus tard... Comment parler de plus tard?... cela vaudra les terres de France. »

Mlle Julie se pencha, lut lentement la page imprimée, et, saisissant d'une main fiévreuse la plume placée à sa portée, apposa sa signature. Le secrétaire détacha du talon deux billets verts qu'elle empocha. Plusieurs personnes l'imitèrent et l'on n'entendit plus que les lectures faites à voix basse et les froissements du papier.

« Cinq francs l'hectare, ça n'est pas cher, dit une voix; deux hectares, s'il vous plaît. »

Et les demandes partirent de tous les coins de la salle.

Charles et Roland du Galadoc se précipitèrent vers leur père, qui regardait en riant le va-et-vient.

« Papa, vous n'achetez rien? demandèrent-ils; il y a des propriétés toutes en forêts. Des chasses superbes.

— Il sera bien placé cependant, répondit Elodie, la terre ne s'envole pas et je serai en bonne compagnie. Voyez, César. »

Et elle lui fit parcourir plusieurs pages du gros registre. Toute l'aristocratie des deux mondes semblait s'y être donné rendez-vous.

« Ventre-saint-gris, grommela M. du Galadoc en prenant son front entre ses mains, si c'était vrai, pourtant! si ces terres, qui ne coûtent rien maintenant, gagnaient à être

M. DU GALADOC SAVOURAIT SA BONNE PIPE D'ÉCUME; CHARLES ET ROLAND FUMAIENT DE GROS CIGARES

— J'aime mieux mes chasses au lièvre, répondit-il, et d'ailleurs je n'ai pas d'argent.

— Mais nous avons nos économies, reprit Charles. Roland et moi pouvons nous donner quatre hectares au moins.

— Donnez-les-vous si cela vous va; mais prenez garde de perdre votre argent.

« Est-ce que ce n'est pas votre tante Elodie qui feuillette le registre là-bas, à l'angle de la table.

— C'est elle, papa.

— Ah! diable, elle va faire quelque folie. »

Il se leva et courut à Elodie, qui plongeait la plume dans l'encrier de bronze.

« Ma chère Elodie, tout cela est très beau en paroles, murmura-t-il; mais n'allez pas jeter votre argent dans ces contes bleus.

cultivées, si ces mines, ces forêts existaient!

— Comment en pouvez-vous douter, César? reprit Elodie; lisez les journaux, examinez ces titres. Je viens de m'inscrire pour six cents hectares, et vous?

— Moi! mais si c'était une indigne blague?

— César, regardez autour de vous. »

Tout le monde réclamait la faveur de signer, c'était une rage.

« Eh bien, dit-il, inscrivez-moi pour le même nombre d'hectares que vous. Nous ne risquons pas grand'chose. Nous verrons plus tard. »

Elodie se hâta de faire l'inscription et s'en alla toute glorieuse à son bras vers le salon, où la musique allait commencer.

CHAPITRE XIX

OU LES TÊTES ÉCLATENT

Le lendemain de la fameuse soirée, M. du Galadoc recevait, à l'issue de son déjeuner, une immense enveloppe gonflée de papiers; c'étaient ses titres de propriétés et ceux d'Élodie. On les examina sérieusement, et M. du Galadoc se sentit vivement ému, quand Charlemagne, saisissant un petit vélin, lut : « Plan de la villa Hermine. A construire au centre de la possession de la famille du Galadoc. »

« Cet Emmanuel! Il pense à tout, murmura-t-il.

— Papa! papa! regardez donc votre forêt, s'écria Charles.

— Papa, notre rivière, s'écria Roland, il y a écrit dessus : très poissonneuse. »

Elodie, qui examinait en silence ses propres titres, ne découvrait aucune de ces aimables inscriptions; mais elle se disait qu'Emmanuel avait agi d'après la profonde connaissance qu'il avait du caractère et des goûts des Galadoc.

Quand Colomban et Corentin arrivèrent, ayant fini leur partie de boules, on les initia aux affaires de Blackboulala, et leur enthousiasme fut en une minute à la hauteur de celui des grands frères. Dans la page coloriée, où étaient représentés les animaux qui peuplaient les forêts de Blackboulala, ils saisirent immédiatement certains types, qui illustrèrent le lendemain leurs cahiers.

Ce ne furent plus de timides lièvres, ni de modestes chiens, ni de tremblantes perdrix que les professeurs virent se lever, courir, bondir sur les larges marges du cahier des écoliers; ce furent des panthères, des tigres, des éléphants, qui, bien que dessinés en petit, empiétèrent si bien sur la page, que certains mots latins se perchèrent sur la queue nerveuse des tigres, tandis que d'autres sortirent de la trompe de l'éléphant.

Ces dessins et les récits de Charles et de Roland révolutionnèrent le petit collège. On se livra à l'étude de la carte d'Afrique, et bon nombre d'enfants portèrent à leurs parents l'heureuse nouvelle de la création d'un royaume dû à un homme né à Questernac.

Un moyen de s'enrichir, et très solidement, s'offrait à eux, ils devaient se hâter d'en profiter. Ce fut comme une immense robinsonnade que jouèrent inconsciemment les enfants, et il en résulta que les parents se familiarisèrent avec les entreprises du baron. Ils n'achetèrent pas ces terrains pour voir des tigres bondir sur leur propriété, pour naviguer en canot d'écorce sur des rivières poissonneuses; mais ils se dirent qu'échanger quelques milliers de francs contre toute une contrée n'était pas une si mauvaise affaire.

Elodie avait eu en partage une hacienda qu'elle contemplait tous les jours, en déclarant que les habitations espagnoles avaient un tout autre cachet que les maisons françaises. Elle souscrivait en cachette le plus qu'elle pouvait et elle accueillit par un ironique sourire son principal fermier, qui lui apportait une somme ronde de douze cents francs.

Mlle Julie daigna ce jour-là lui faire une visite. Elle arriva en même temps que le bonhomme, qui fut confié aux soins de Michelle, dont il était quelque peu parent.

« Ma chère Julie, je crois bien que je mettrai cette ferme en vente l'année prochaine, dit Elodie en faisant asseoir Mlle Bigouldan. Je posséderais la grandeur d'un département français à Blackboulala, avec ces trente ou quarante mille francs.

— Elodie, vous calculez admirablement bien, répondit Mlle Julie, nous étions faites pour nous entendre. De mon côté, je suis résolue à vendre ma maison de la rue des Pignons. Je ne puis continuer à vivre avec ma sœur Angélique.

— Julie, s'écria Elodie, que dites-vous là?

— Vous en êtes scandalisée, n'est-ce pas? Cela sera également un scandale pour tout Questernac, je le sais; mais je n'abdiquerai jamais en faveur d'Angélique, qui est beaucoup plus jeune que moi, très incapable et qui n'entend rien à ses intérêts. Croiriez-vous qu'elle s'est refusée à me laisser hypothéquer cette maison, que je ne puis louer ni vendre sans son consentement?

— Est-ce possible?

— Cela est. Elle a refusé mordicus d'acheter des terres à Blackboulala. Je l'ai priée d'acheter ne fût-ce que quelques hectares, afin que son nom se trouvât sur les registres. « Pas un, » m'a-t-elle répondu. Je vais être obligée de lui vendre la moitié de ma maison. Ce n'est pas que cela m'inquiète, ma fortune à venir me laisse sans souci; mais la voir préférer mon départ à une malheureuse hypothèque de dix mille francs m'a mise hors de moi.

— Qui aurait cru cela d'Angélique? s'écria Elodie.

— Personne, ma chère, et la plus étonnée c'est moi. Je l'avais habitué à une telle déférence, à une telle soumission! Je ne pouvais en croire mes oreilles. Emmanuel a bien voulu demander des explications, offrir de lui donner un complément de renseignements; elle a été de bronze.

— Tant pis pour elle, dit Elodie, elle vous verra riche, dans une grande position, tandis qu'elle végétera dans sa petite médiocrité.

— Ce sera ma vengeance, » dit Julie majestueusement.

Puis elle se leva pour saluer M. du Galadoc qui entrait.

« Elodie, vous n'avez rien reçu du télégraphe? demanda-t-il.

— Non, César.

— Je n'y comprends rien. Charles et Roland doivent avoir passé leur examen. J'attendais une lettre par le courrier d'hier soir. « Ce silence est-il bon signe ou mauvais signe?

— Mauvais signe, » crièrent deux voix éclatantes.

Et Charles et Roland, en costume de voyage, tout poudreux, se précipitèrent dans le salon en criant :

« Nous sommes *recalés*, papa, nous sommes *recalés*. »

Il leur jeta un regard sévère et se mit à se promener de long en large dans l'appartement. Rien que d'entendre le bruit de son talon sur le parquet faisait deviner qu'il était agité et mécontent.

« Ah çà! vous serez donc toujours des fruits secs? s'écria-t-il tout à coup en se tournant vers ses deux fils. Ventre-saint-gris! Messieurs, vous vous gaussez de moi. En ce temps-ci, quand on a un peu de clarté dans le cerveau, on ne s'engage pas sans avoir son diplôme de bachelier en poche. »

Les jeunes gens baissèrent la tête. Elodie se pencha vers Mlle Julie :

« C'est peut-être le moment de lui parler des projets d'Emmanuel, » murmura-t-elle.

Mlle Julie lui répondit par un geste affirmatif, et, se tournant vers M. du Galadoc, elle dit gracieusement :

« Me permettez-vous de vous répéter, en guise de consolation, à propos de l'échec de ces jeunes gens, ce qu'Emmanuel Bigouldan m'a dit d'eux? »

Il fit un brusque signe de tête.

« Ce n'est pas une fois qu'il a parlé de vos fils. En lisant sur son registre le grand nombre d'actions prises à Questernac dans sa Société agricole, il m'a dit hier : « Ce n'est pas seulement de l'argent monnayé qu'il me faut, ce sont des hommes. Si ce mouvement continue, je demanderai à Galadoc ses fils aînés, qui me seraient bien utiles. Il me faudra des gouverneurs énergiques pour chaque province et des jeunes gens prêts à faire le coup de fusil. »

— Oh! papa, s'écria Charles, je suis prêt à laisser là mes bouquins de bachelier et à devenir le gouverneur de vos terres.

— Et moi, je ne demande qu'un bon canot, ajouta Roland.

— César, parler à Emmanuel de l'enthousiasme de ces jeunes gens ne vous engagera à rien, dit Elodie.

— Ils sont bien jeunes pour être chargés de nos intérêts, riposta Mlle Julie, mais on pourra leur adjoindre un homme d'expé-

COLOMBAN ET CORENTIN DESSINAIENT SUR LEURS CAHIERS DES PANTHÈRES, DES TIGRES ET DES ÉLÉPHANTS

rience. C'est du reste ce que pense Emmanuel. »

M. du Galadoc continuait d'arpenter le salon.

« Si je croyais! murmura-t-il.

— Papa, le genre de vie que nous propose M. Bigouldan nous convient beaucoup, s'écrièrent en même temps Charles et Roland.

— Plus tard Corentin et Colomban les rejoindront, ajouta Elodie, et tous vos fils se trouveront bien casés et à l'abri des injustices du gouvernement.

— Si je croyais! répéta M. du Galadoc.

— Que faut-il donc pour vous donner la foi? s'écria Mlle Julie en joignant les mains. Hier, Emmanuel a reçu tout Questernac. Il n'y a plus de terrains à vendre dans notre contrée, qui est la plus fertile. J'ai vu les registres, la liste est fermée.

— Alors la villa Hermine ne peut s'agrandir? demanda M. du Galadoc.

— Pardon, Monsieur. Nous sommes un groupe de privilégiés dont le domaine peut s'étendre et s'agrandir à volonté. Mes terres touchent celles d'Elodie, les vôtres touchent les miennes, mais il y a un immense terrain inexploité, que l'on conserve à celui de nous qui fera les achats les plus importants.

— Moi, je vendrai tout ce je possède à Questernac, s'écria Elodie, tout.

— Papa, s'écria Roland en tordant et relevant son épais toupet, qui s'obstinait à lui tomber sur le nez, obtenez de M. Bigouldan qu'il nous emmène avec lui. Nous ne faisons rien à Questernac que de nous hébéter dans la fainéantise.

— Et toi, Charlemagne, demanda le père en s'arrêtant devant son fils aîné.

— Moi, papa, je suis de l'avis de Roland, nous pouvons toujours aller voir là-bas ce que deviendra notre argent. M. Bigouldan emmène plusieurs jeunes gens, Roland et moi sommes prêts à l'accompagner. Il nous convient mieux de manier un revolver qu'une plume.

— Il me semble entendre ce que je disais à vingt ans, s'écria M. du Galadoc, se montant soudain la tête. Ventre-saint-gris! mes enfants, je ne m'opposerai plus à vos désirs. J'hésitais encore à écouter les propositions de vente qui me sont adressées pour le clos d'Ahault. Vendre me faisait saigner le cœur, mais il s'agit de vous tailler là-bas un beau domaine et, vous partis, cette maison serait terriblement grande. J'irai parler à Emmanuel un de ces jours. Je regrette seulement de ne pouvoir attendre l'arrivée de mon cousin Boisglesquen qui connaît si bien les affaires.

— Lui! dit Julie avec dédain, il m'inspire bien peu de confiance. C'est sa femme qui s'occupe de toutes ses affaires, assure-t-on.

— Vous avez plus que lui l'intérêt de vos enfants, » ajouta Elodie.

M. du Galadoc ne répondit pas. Il fit un signe à ses fils et ils quittèrent tous les trois le salon.

« Je vais porter cette bonne nouvelle à Emmanuel, dit Mlle Julie en se levant; il est extrêmement touché de la confiance qu'on lui témoigne à Questernac. Et je n'ose vous dire les emplois qu'il destine à vos neveux. J'ai reconnu en sa sollicitude la sympathie qu'il éprouve pour tout ce qui vous touche. »

Cette phrase fut comme une goutte de miel, dont Elodie savoura la douceur toute la journée.

CHAPITRE XX

LES CONFIDENCES DE MICHELLE

PAR une chaude matinée de juillet, il fallait entendre la musique que faisaient les battoirs au fond de la vallée; cinq lavandières, ayant Michelle à leur tête, lavaient à grand bruit le linge du clos d'Ahault dans l'eau claire et fuyante de la petite rivière. C'est un dur métier que celui de lavandière; aussi, à peine les journalières eurent-elles mangé la soupe apportée par Michelle et savouré une bonne tranche de lard sur du pain, qu'elles s'arrangèrent pour faire la sieste. Elles s'étendirent dans l'herbe, à l'ombre d'une haie épaisse et haute qui commençait à se tendre de draps de toile blancs comme la neige, et ne tardèrent pas à s'endormir de ce sommeil profond et réparateur qui est le fruit et en quelque sorte la récompense des travaux fatigants. Michelle ne les imita pas. Ramassant à la hâte les menus ustensiles qui avaient servi au dîner, elle les mit dans son tablier; puis, plaçant un torchon roulé sur sa tête et dessus la soupière vide, elle remonta le sentier. Arrivée devant la barrière du clos d'Ahault, elle la poussa, déposa son double fardeau dans une encoignure et sauva vers la rue des Pignons, en regardant parfois derrière elle, comme pour s'assurer qu'on ne la suivait pas; au milieu de la rue, elle bifurqua et descendit une ruelle qui la conduisit sur la place de la ville, où la vieille collégiale montrait ses arêtes de granit noircies par les siècles et son porche sombre que les archéologues considérent comme un beau spécimen de style flamboyant.

La partie basse de l'église se détachait sur les toits bleus des maisons qui l'entouraient familièrement; l'une d'elles, d'antique aspect, s'avançait plus hardiment que les autres et son pignon touchait presque la muraille de l'abside : ce fut vers celle-là que Michelle se dirigea. Une femme, portant le même costume qu'elle, se disposait à fermer la grille de la cour. Elle reconnut sa payse et la laissa passer en disant :

« On va bien au clos d'Ahault?

— Oui, la santé du corps est bonne, Françoise, M. le curé est-il chez lui?

— Il reçoit Mlle Bigouldan, que j'ai conduite au salon.

— Laquelle?

— La bonne Mlle Angélique.

— Ah! celle-là ne me gênera point, dit Michelle. Si ça avait été l'autre, je ne serais point entrée.

— Michelle, j'entends la porte du salon qui s'ouvre, dit Françoise, qui prêtait l'oreille. Mlle Bigouldan va sans doute voir Madame. Quand elle a fait visite au fils, elle ne manque point d'aller voir sa mère. Suivez-moi, et tâchons d'arrêter M. le curé, car s'il monte dans sa chambre où sont ses bouquins, il n'entendra même pas frapper. »

Elle ouvrit une porte, traversa, suivie de Michelle, une modeste salle à manger et poussa une porte qui était entr'ouverte. Son maître, un vieillard au visage calme et bienveillant, remettait à leurs places les chaises dérangées.

« Qu'y a-t-il, Françoise? demanda-t-il.

— Monsieur le curé, c'est Michelle, du clos d'Ahault, qui voudrait vous dire un mot tout de suite.

— Un seul mot, monsieur le curé, ajouta Michelle, avançant la tête par-dessus l'épaule de la cuisinière, et c'est pressé. »

Le prêtre répondit par un geste, et Michelle referma la porte derrière elle.

« Est-ce qu'il y aurait quelqu'un de malade dans la famille? demanda le prêtre.

— Non, monsieur le curé, non, la santé est bonne, Dieu merci; mais... »

Elle plaça son index entre ses sourcils blonds.

« Prenez un siège, ma bonne fille, et expliquez-vous, dit le prêtre en s'asseyant. Je sais que vous êtes toute dévouée à vos maîtres, parlez sans crainte et clairement. »

Michelle s'assit sur le rebord de la chaise et, tout en aplatissant l'ourlet de son tablier, elle prit la parole :

« Monsieur le curé, dit-elle, il est temps, je crois, d'exorciser le clos d'Ahault : le diable trouble le bon sens de Monsieur et de tout le monde, que c'est une pitié.

— Ma bonne fille, laissons le diable où il est et parlez plus clairement, dit le curé.

— Eh bien, voici, reprit Michelle : Mlle Julie Bigouldan est très liée avec Mlle Élodie qui tient la maison depuis la malheureuse mort de Madame.

— Je sais cela, Michelle, et ne puis deviner où vous voulez en venir.

— Attendez, monsieur, je vas tout vous dire; mais il faut bien commencer par le commencement.

« Mlle Bigouldan a un cousin, un grand monsieur, qui a une barbe de sapeur et des yeux tout drôles, et qui mène grand train par Questernac.

— Le baron Emmanuel Bigouldan?

— Oui. D'abord, Monsieur se moquait de lui et de ses embarras. Dans le clan on l'appelait : Sire Elépuant. Un beau jour, ça a tourné; comme qui dirait la girouette qui saute d'un côté à l'autre. On a accepté ses invitations; puis je l'ai vu sans cesse avec mon maître et Mlle Hurluberlu. Excusez, monsieur le curé, je ne suis pas toujours assez charitable. Et puis, il arrivait des lettres, des papiers, le facteur venait chez nous tous les jours. Et voilà qu'un jour, Bengale, c'est Mlle Yseult, entend qu'on va vendre la maison et bien d'autres choses pour acheter des terres et des maisons à Blackou... Blackou... Blackouboudada.

— Blackboulala, dit le prêtre avec un léger froncement de sourcils. J'ai entendu parler de tout cela. Notre pauvre ville en perd la tête.

— Alors vous comprenez ce qui se passe chez nous, monsieur le curé. Je me demande si Monsieur et Mademoiselle sont dans leur bon sens quand ils parlent de ce pays-là. Je comprends bien nos jeunes messieurs, qui ne rêvent que chasse et pêche et qui n'ont aucun goût pour les livres; mais lui, le chef du clan, comme il dit, est-ce qu'il devrait vendre ce qu'il a eu en héritage pour acheter dans ce drôle de pays de Blackboutata?

— Non certes, Michelle, et ce que vous m'apprenez là m'afflige beaucoup. Ce pauvre Galadoc!

— Si ça continue, monsieur le curé, on pourra bien l'appeler pauvre. J'ai pensé que vous seul pourriez lui ouvrir les yeux à ce bon Monsieur. Qui est-ce qui conseille mieux qu'un prêtre, qui est un homme sage et détaché des biens du monde? Lui parlerez-vous, monsieur le curé? Lui direz-vous qu'il risque de ruiner ses pauvres enfants?

— Il croit les enrichir, ma pauvre Michelle, et j'aurais bien mauvaise grâce à essayer de remonter ce courant.

— Il croit, il croit! Moi, je n'ai pas bonne opinion de ce grand baron. Il a des yeux de sorcier. Monsieur le curé, parlez à Monsieur, je vous en prie à mains jointes.

— Ma bonne fille, vous le savez mieux que personne, on a la tête chaude dans le clan. Je parlerais en vain.

— Parlez toujours, monsieur le curé.

— Je prêcherais dans le désert. Au clos d'Ahault, on a été prudent jusqu'à un certain point; on ne s'est point enthousiasmé tout de suite pour ce mirage d'or. J'ai de mes paroissiens qui se sont englués bien vite. Mlle Angélique Bigouldan a dû se séparer de sa sœur et prendre entièrement à son compte la maison de famille : ce qui l'oblige à mille privations. Et tant d'autres. Je ne sais comment cela finira. J'ignore jusqu'à quel point se réaliseront ces féeries; mais je remplis mon devoir qui est de tenir en garde mes paroissiens contre cette soif ardente allumée par l'or. A l'occasion, je dirai un mot de prudence à votre maître, ma bonne Michelle; mais il assiste aux fêtes, et il s'est bien enferré sans doute. Néanmoins il saura que je désapprouve ces ventes de biens, cet échange d'une fortune bien assise contre cette fortune fabuleuse que tous croient déjà saisir. Voici Mlle Angélique, je vous quitte, mais je vous engage, vous qui avez le parler franc avec vos maîtres, de leur dire votre façon de penser sur le baron et ses entreprises. Je verrai M. du Galadoc un de ces jours. »

Michelle, qui s'était levée, le remercia en termes émus et attendit Mlle Angélique, qui échangeait ses adieux avec la mère du pasteur. Elle sourit à Michelle et lui fit signe de la suivre.

« Le presbytère est assailli de visites depuis quelque temps, dit-elle; notre bon vieux Questernac a besoin de conseils et vient en prendre là où ils sont désintéressés. Sortons ensemble, Michelle, vous me direz en route ce qui vous donne l'air si agité. »

Michelle se hâta de le lui dire et Mlle Angélique montra une consternation véritable.

« J'ai accompagné autrefois Julie chez notre cousin, dit-elle, et l'on disait que les Galadoc se tenaient à l'écart.

— Oui, mademoiselle; mais cela pouvait-il durer avec Mlle Hurluberlu, qui est en extase devant ce baron-là?

— Il en a charmé bien d'autres. Il me semble que je suis la seule personne raisonnable de la ville. Enfin, cela est vrai, réel; dans quelques années, ils seront tous millionnaires comme lui. Je désire que cela arrive.

— Et si cela n'arrivait pas, mademoiselle?

— J'espère que les actionnaires ont des garanties. Pour moi, ma bonne Michelle, je suis restée en dehors de toutes ces machinations, et je ne le regrette point. Le clan devrait faire comme moi, et je comprends vos inquiétudes. Ne craignez pas de parler à votre maître, vous avez votre franc parler avec lui.

— Oui, mademoiselle; mais vous le connaissez. Le cœur est bon, mais la tête est chaude et Madame n'est plus là. Je dirai ma raison quand même, mais je ne serai pas plus écoutée que M. Boisglesquen, qui rit de toutes leurs histoires et qu'on a pris en détestation à cause de ça. Mais il faut que je me sauve. Nous faisons la grande lessive, et, quand je ne suis pas là, les lavandières donnent plus de coups de langue que de coups de battoir. Ce matin, elles avaient commencé à parler de M. le baron qui enrichit tout le monde et elles regrettaient bien de n'avoir pas d'argent à jeter dans sa caisse. »

Mlle Angélique haussa les épaules pour toute réponse et ouvrit la porte de sa maison, laissant Michelle continuer prestement son chemin. Elle allait atteindre la barrière, quand elle se trouva face à face avec deux messieurs qui tournaient le chemin carrossable qui conduisait à la villa Maurice.

« C'est cette brave Michelle, » dit une voix qui la fit tressaillir.

Elle se détourna et marcha machinalement au-devant du docteur Chaudeleau, qui revenait de la villa Maurice et que M. le

Premier reconduisait jusqu'au tournant du chemin.

« Michelle, votre nourrisson vous fait honneur, dit le docteur avec sa bonhomie habituelle. Je viens de lui serrer la main par-dessus les branches du noyer. C'est un gaillard. Grâce à ce bel élevage, je ne serai plus l'ennemi acharné du biberon.

— Monsieur le docteur, tout est dans les soins, répondit modestement Michelle. Il ne faut pas craindre sa peine avec ces petits anges, ni craindre l'eau, car il y a à clapoter. Grâce à Dieu, Goulven ne sera pas le plus failli du clan.

— Ah! le clan, dit M. Boisglesquen avec un hochement de tête, il fait joliment parler de lui, Michelle.

— Par rapport à quoi et à qui, monsieur? dit aigrement Michelle, prenant déjà la mouche.

— Au sujet de M. le baron Bigouldan. On affirme qu'il a mis le grappin sur le père et les fils. Ceux-ci partent à l'automne, dit-on.

— Malheureusement, ce n'est que trop vrai, dit Michelle en portant son tablier à ses yeux qui se mouillaient; Monsieur est ensorcelé et ses fils aussi.

— Et vous, Michelle, dit le docteur, n'avez-vous point placé vos économies chez ce magnifique baron?

— Des économies! moi? dit Michelle; j'ai ma mère à soutenir, monsieur le docteur, et je n'ai jamais eu vingt sous devant moi; mais j'aurais des cent francs et des mille francs que je ne les mettrais pas chez ce monsieur qui fait vendre le clos d'Ahault, la maison! »

Les deux hommes échangèrent un coup d'œil inquiet.

« Galadoc vend sa maison? demanda M. Boisglesquen.

— Oui, monsieur, et bien d'autres choses avec, et, malgré cela, on ne parle plus que de millions chez nous.

— Je vous l'avais bien dit, murmura le docteur en s'adressant à M. le Premier, la folie de l'argent s'est emparée d'eux tous. Tâchez donc d'enrayer chez Galadoc. Un bon conseil pourrait l'empêcher de compromettre toute sa fortune. Malgré tout ce que l'on dit de merveilleux sur ce pays et les spéculations du baron, encore est-il raisonnable à un père de famille de ne pas tout jeter à ces hasards. Je n'aurais jamais cru que Galadoc se fût laissé empaumer à ce point.

LES LAVANDIÈRES S'ÉTENDIRENT DANS L'HERBE ET NE TARDÈRENT PAS A S'ENDORMIR

— Mon cher docteur, à mon arrivée, j'ai parlé raison à César, répondit M. Boisglesquen, il m'a simplement envoyé promener. Ma femme, qui était présente, a trouvé les façons du cousin un peu rudes et m'a formellement interdit de me mêler de ses affaires. Michelle que voilà était présente à cette scène, elle arrivait dans le salon avec mon filleul. N'est-ce pas, Michelle, que votre maître, un jour, m'a très clairement signifié de ne pas mettre le doigt en ses affaires ?

— Hé oui, monsieur, et j'en étais bien marrie. J'attendais votre arrivée comme celle du Messie. Je me disais que vous étiez un finaud, que vous ne vous seriez pas laissé mener par le bout du nez par ce baron qui a l'air quasiment du diable.

— Vous avez bien auguré de moi, Michelle, répondit en riant M. le Premier.

— Tout de même, monsieur, vous n'avez pas eu grand courage, reprit Michelle. Avec mon maître, il faut plus de patience que ça. Peut-être qu'il vous écouterait à présent. Et vous aussi, monsieur le docteur, vous pourriez bien lui toucher un mot sur la vente de sa maison. Moi, je crois que Monsieur est malade. Je le trouve tout drôle depuis quelque temps et, il ne faut pas le répéter, mes bons Messieurs, il aime la boisson de plus en plus. Et personne pour le conseiller. Oh ! si Madame avait été là !

— J'irai lui tâter le pouls un de ces jours, Michelle, dit le docteur, et, si je le trouve assez calme, je lui toucherai un mot du baron. M. le Premier, moi et vous, ma bonne Michelle, sommes les seuls être raisonnables de Questernac à l'heure présente. Tous mes clients ont la fièvre.

— Excepté Mlle Angélique Bigouldan et M. le curé, dit Michelle ; ils n'aiment point non plus toutes ces diableries.

— Cela fait cinq, dit le docteur en souriant ; sur une population de douze mille âmes, ce n'est pas trop. »

Là-dessus il fit un signe d'adieu à Michelle et échangea avec M. Boisglesquen quelques paroles de condoléances sur ce pauvre Galadoc qui s'enferrait. Le sujet lui paraissait épuisé, il serra la main de M. le Premier, qui s'en alla vers la villa Maurice.

Michelle avait franchi la barrière, épinglant rapidement son tablier de travail ; elle descendit d'un pas vif le joli sentier sinueux, d'où elle tomba comme une bombe sur ses lavandières, occupées à bavarder et qui à sa vue se précipitèrent vers la boîte qui préservait leurs genoux du contact de l'eau.

CHAPITRE XXI

LE DERNIER VERSEMENT

Le baron Emmanuel Bigouldan ne daignait passer qu'une heure par jour dans les bureaux qu'il avait installés à l'hôtel Saint-Amand. Aussi quelle animation présentaient ces bureaux de dix à onze heures du matin. C'est dans les anciens communs qu'ils avaient été installés.

On entrait dans la cour d'honneur et on voyait à gauche, sur une porte neuve de châtaignier verni, une plaque qui portait en lettres de cuivre le mot : BUREAUX. La porte donnait accès dans une vaste pièce aménagée comme le sont les grands bureaux parisiens; une cloison légère percée de guichets en faisait le pourtour; sur une table ovale, tout ce qu'il fallait pour écrire, des piles de journaux distribués gratuitement. Un homme en livrée bleue, à boutons d'argent, conduisait les clients aux guichets où ils avaient affaire, et se chargeait au besoin d'éclairer ceux qui portaient la veste ronde, en lisant à voix basse les imprimés semés sur la table. Il les conduisait paternellement jusqu'au guichet et, quand l'employé demandait le nom de la valeur que le paysan désirait acheter, c'était lui qui prononçait les mots rebelles.

Certains étaient admis dans le cabinet particulier du baron. Ceux-là écrivaient leur nom et le motif de leur visite sur une carte, qu'un garçon de bureau allait déposer sur une sébille d'argent. Il frappait sur un timbre, et une porte en bois rouge agrémentée de filets d'ébène — ces bois précieux étaient arrivés directement de Blackboulala — s'entr'ouvrait. Le nègre, en livrée rouge, du baron Bigouldan, averti par le timbre, prenait la missive, et revenait chercher le visiteur, qui s'en allait par une autre issue.

Ce jour-là il y avait foule dans les bureaux. Paysans et petits marchands opéraient leurs versements avec d'autant plus d'allégresse que chacun d'eux avait reçu un imprimé très explicite, donnant exactement le nombre d'hectares de terrain que lui valait son argent. Aucun personnage important n'avait demandé audience et le nègre retirait la sébille d'argent posée sur une crédence, quand une voix retentissante dit :

« Je voudrais parler à M. le baron Bigouldan. »

L'homme en livrée bleue à boutons d'argent s'approcha de M. du Galadoc, car c'était lui, et dit :

« M. le baron a quitté son bureau. Monsieur, l'heure est passée : revenez demain ou adressez-vous à ces messieurs.

— Ni l'un ni l'autre, répondit M. du Galadoc, dont les joues étaient marbrées de taches rouges et qui portait son chapeau sur le coin de l'oreille. Je ne reviendrai pas demain et c'est à M. Bigouldan lui-même que je veux parler. Où est son bureau particulier ? »

Le garçon lui montra du geste la porte rouge avec filets noirs. Il marcha de ce côté et frappa.

Le nègre parut.

« Je veux voir le baron Emmanuel Bigouldan.

— L'heure est passée, Monsieur. M. le baron a quitté son...

— Laissez entrer, Yuca, interrompit une voix de l'intérieur.

— Qui annoncerai-je, Monsieur? dit Yuca en s'inclinant très bas.

— César du Galodoc ; mais à quoi bon ? Il a reconnu ma voix, il sait à qui il va avoir affaire. »

Et il suivit le nègre qui soulevait une portière et annonçait M. César du Galadoc.

Le baron Bigouldan était paresseusement enfoncé dans un fauteuil, devant une table chargée d'or et de billets de banque, dont son secrétaire aux lunettes noires semblait faire le compte. Une armoire de fer, ouverte à deux battants, en laissait voir davantage.

« Laissez-nous seuls, Eusébio, » dit-il, quand M. du Galadoc entra.

Le señor Eusébio disparut, et le baron, pardessus les piles d'or, tendit la main à M. du Galadoc, qui ôtait machinalement son chapeau.

« Mon cher César, mon heure de réception est finie, dit-il de sa voix insinuante ; mais tu es toujours le bienvenu chez moi. Assieds-toi, je t'en prie. »

M. du Galadoc se laissa tomber sur le fauteuil placé près de lui.

« Qu'y a-t-il, César? demanda le baron en passant un petit peigne d'ivoire dans ses longs favoris.

— Il y a que les enfants voulent te suivre là-bas.

— Eh bien, cette résolution n'a rien d'attristant, il me semble. Il n'y a plus de carrières en France pour nos jeunes gens, tu le sais mieux que moi. Qu'ils deviennent colonisateurs. Les nations modernes sentent la nécessité de se créer des débouchés pour le commerce et l'industrie. Toutes rêvent d'étendre leur empire colonial.

— C'est vrai, dit M. du Galadoc ; aussi j'ai donné mon consentement à Charles et à Roland. Voilà le pauvre clan démoli, mais leur avenir avant tout, et puis j'espère que tu te montreras un père pour eux, là-bas. »

Le baron, pour toute réponse, lui tendit une seconde fois la main.

« Et comme je ne veux pas enrayer les chances de fortune de mes enfants, reprit M. du Galadoc, je me suis décidé à acheter pour eux le domaine de cent mille hectares de forêts qui enveloppe la villa Hermine. »

Le baron fit un simple geste d'approbation. M. du Galadoc prit dans la poche intérieure de sa veste de velours un grand portefeuille, dont le maroquin noir était terni

M. DU GALADOC REMIT LES FONDS A EMMANUEL BIGOULDAN

par l'usage, le plaça sur la table, et, posant les mains dessus :

« Emmanuel, dit-il en arrêtant fixement son regard sur le visage du baron, c'est la fortune de mes enfants que je te confie. Avant de te donner cet argent qui m'est sacré, je veux que tu me jures sur l'honneur qu'il n'y a ni fausseté, ni mensonge dans tes entreprises, et que cet argent ne court aucun risque. Nous sommes seuls, il n'y aurait aucune honte pour toi à te rétracter. »

Le baron l'écoutait nonchalamment appuyé au dossier de son fauteuil, et ne paraissait aucunement ému par le son profond de sa voix. Sa belle main, à laquelle scintillait un diamant superbe, s'engagea dans un monceau de paperasses et en retira deux journaux, dont il lut plusieurs passages. On parlait avec enthousiasme du royaume africain du baron de Bigouldan. Un journal de Marseille, daté de l'avant-veille, racontait les incidents du départ des trois navires chargés de colons.

A mesure qu'il lisait, le visage glacé du baron s'animait, son grand front bruni s'illuminait en quelque sorte, et de ses yeux, d'un bleu étrange, sortait un regard fluide et ardent qui semblait dévorer le papier. Et quand il eut fini, il jeta les journaux à M. du Galadoc, en disant :

« Lis. »

M. du Galadoc prit les journaux, lut le titre et l'article.

« C'est égal, dit-il, lève la main, Emmanuel, et jure sur l'honneur que cet argent reviendra intact à mes enfants.

— Tu veux dire quadruplé ?

— Intact, seulement intact. Ce que Charles et Roland pourront gagner leur appartiendra.

— Quelle somme m'apportes-tu ?

— Le plus clair de ma fortune, cent mille francs. »

Le baron ouvrit un grand registre à souches et le feuilleta négligemment.

« Voici le domaine, dit-il, il entoure la villa Hermine, il renferme une mine d'argent, une forêt de mille hectares, des plantations de cannes à sucre, qui sont d'un revenu certain. Tes fils ne manqueront pas de besogne. Mais ce domaine n'est plus à vendre, il me semble.

— Comment ! c'est celui-là qui m'a été promis cependant, s'écria M. du Galadoc, qui ne pensa plus au serment qu'il avait exigé.

— Je vois ici cependant un nom bien connu : Rothschild.

— Et que me font les Rothschild ? s'écria de nouveau M. du Galadoc ; je veux le domaine de la villa Hermine, pas autre chose, ou je remporte mon argent.

— Eusébio n'en fait pas d'autres, dit le baron, qui feuilletait toujours. J'avais écrit « réservé » sur ces terrains. Je te les ai toujours réservés à cause de tes fils. »

Tout à coup il déchira la page du haut en bas et dit :

« Les Rothschild peuvent attendre. »

Et, prenant la plume, il écrivit pendant une seconde et tendit à M. du Galadoc un carré de papier imprimé que celui-ci lut tout haut :

« Colonie française de Blackboulala (Afrique).

« Titre d'origine de quatre cent mille hectares de terrain entourant la villa Hermine, dans la colonie de Blackboulala, plan cadastral, nos 522 285 à 612 642 ;

« En faveur de M. César du Galadoc, propriétaire à Questernac (France).

« Délivré à Questernac, ce 31 août 1883.

« Le Directeur-Fondateur,
« BARON EMMANUEL BIGOULDAN.

« L'enregistrement de tout transfert ou mutation du présent titre est obligatoire à la colonie ou à tel bureau spécialement désigné. »

M. du Galadoc relut à voix basse la teneur de ce titre qui lui conférait quatre cent mille hectares de terrain. Il avait bonne mine, ce titre, avec son timbre français et les quatre blasons qui se voyaient aux angles. Dans la partie inférieure se déployait en bleu la Méditerranée sur laquelle fuyaient à toutes voiles les quatre bâtiments de la colonie ; en guirlande, des vignettes représentaient des palmiers et toute la flore africaine. De ce côté se voyait la plantation de cannes à sucre. là des singes se perchaient dans des cocotiers. Au centre, des noirs défilaient portant des fardeaux sur leurs robustes épaules. Un éléphant se glissait entre des bananiers, des locomotives filaient à toute vapeur.

Quand M. du Galadoc eut examiné tout cela, il se décida à ouvrir son portefeuille et passa au baron des billets de banque, que celui-ci honorait d'un coup d'œil avant de les jeter sur la table.

« A quand as-tu fixé le départ des enfants ? demanda M. du Galadoc en mettant le titre vert dans le portefeuille d'où s'étaient envolés les billets de la Banque de France.

— Au 15 octobre. Je les attendrai à Jersey.

— Pourquoi ne partent-il pas avec toi d'ici ?

— Parce que j'ai des stations importantes à faire sur la route. Nous nous embarquerons à Southampton, très probablement. J'emmène toute une colonie anglaise. Les Anglais flairent l'or et ne font pas tant de cérémonies.

— Nous avons encore du temps devant nous, » dit M. du Galadoc en se levant.

Il soupira fortement et dit :

« Enfin, l'affaire est bâclée.

— Et c'est une brillante affaire, César. Avant deux ans, tu me remercieras, comme tout Questernac, du reste. Ici comme ailleurs, j'ai eu des détracteurs, des ennemis, des calomniateurs. Mon œuvre a marché quand même et chaque jour de nouvelles richesses s'annoncent. Si je pouvais faire lire à tous ceux qui se défient les lettres que je reçois de mes ingénieurs, j'en arriverais à refuser l'argent. »

Il parlait avec feu, ses yeux au regard vague fixés au plafond.

« Que Dieu t'entende, dit M. du Galadoc en se levant. Dans tous les cas, nous voilà dans tes griffes. »

Ils échangèrent une poignée de main et M. du Galadoc quitta le bureau. Le baron resté seul frappant sur son timbre. Son secrétaire parut aussitôt.

« Ramasse cet argent, dit le baron. Questernac a vraiment dépassé mes espérances.

— Combien a donné ce vieux sauvage, monsieur le baron ?

— Cent mille francs. J'ai maintenant en main plus qu'il ne faut pour réaliser mes projets grandioses.

« La colonie sera, Eusébio, la colonie est faite. »

Eusébio, qui avait fait une rafle de toutes les valeurs jetées sur la table, eut un étrange sourire.

« Est-ce dans la caisse qu'il faut mettre ceci ? demanda-t-il.

— Dans la petite caisse à secret ? Oui. Et maintenant allons déjeuner. Tout prend une nouvelle face. De l'audace maintenant, encore plus d'audace.

— Nous n'avons plus rien à faire en ce pays, dit Eusébio ; quel jour partons-nous, monsieur le baron ? Je tremble d'être reconnu. »

Et il suivit le baron, qui ne daignait pas lui répondre.

CHAPITRE XXII

LE TROISIEME CIEL. — MAISON VENDUE

On ne pouvait oublier au clos d'Ahault le terrible jour du mois de septembre, le jour de l'ouverture de la chasse où s'était fait, dans la vieille maison, un mystérieux échange d'êtres, le jour où, à la place de la femme et de la mère, on avait reçu un malheureux petit enfant d'un jour.

Ce jour-là, le deuil des vêtements finissait chez les Galadoc, sinon le deuil du cœur. Un service anniversaire fut célébré, et au retour de l'église, où tout Questernac s'était donné rendez-vous, Elodie et Agathe ne purent s'empêcher de se confier leur mutuelle satisfaction.

L'obstacle qui se dressait toujours entre elles et les fêtes données par le baron n'existait plus. M. du Galadoc ne riposterait plus d'une voix foudroyante à sa fille :

« Nous sommes en deuil, Agathe, nous sommes en deuil, entends-tu ? »

Il fut tout de suite question de chiffons entre elles, et Mlle Bigouldan, qui avait pénétré jusqu'à leur appartement sans se faire annoncer, les trouva ensevelies dans le contenu de plusieurs tiroirs. A leur grande surprise, Mlle Julie était énervée et triste, et c'était sa profonde mélancolie qu'elle venait épancher.

La cérémonie du matin lui avait mis je ne sais quel noir dans l'âme, et, pour l'achever, son cousin avait fixé la date de son départ fin octobre.

Elodie et Agathe échangèrent un regard dépité.

« Alors les fêtes sont finies ? dit Elodie avec un soupir.

— C'est-à-dire qu'il y aura une réception toutes les semaines, jusqu'à son départ. Même les jours de chasse, il compte chasser avec ces messieurs de Questernac comme un simple mortel, nous offrirons le thé dans le service en vermeil.

— Votre cousin emportera-t-il ses belles choses ? demanda Elodie.

— Probablement, s'il ne doit pas revenir à Questernac.

— Et pourquoi n'y reviendrait-il pas ? objecta Agathe.

— Parce qu'un royaume ne se délaisse pas comme cela deux fois, repartit Mlle Julie majestueusement. Du reste, il n'a loué l'hôtel Saint-Amand que jusqu'au terme de janvier.

— Il va se refermer et pour longtemps, soupira Elodie.

— Ma chère amie, dit Julie, n'avez-vous jamais pensé qu'il ne tiendrait qu'à nous de conserver à Questernac une maison agréable ? C'est ce projet que je viens vous soumettre. »

Les yeux d'Elodie et d'Agathe étincelèrent de curiosité.

« Voyons, reprit Mlle Julie d'un air détaché, ne serions-nous pas ridicules de vivre petitement et ennuyeusement comme autrefois, maintenant que nous avons une telle fortune entre les mains. Que doivent produire vos capitaux à Blackboulala ? Elodie, sur quel revenu pouvez-vous compter ?

— J'ai calculé que je recevrais vingt mille francs par an environ.

— C'est gentil. Moi, ma chère, j'ai cinquante mille livres de rente, dont une partie me sera payée par le Trésor lui-même. Emmanuel a voulu faire cela pour moi, et reconnaître ainsi mon dévouement de la première heure... Mais revenons à nos projets. Avec cette fortune, nous pouvons nous donner l'hôtel Saint-Amand, qui se loue six mille francs par an. Je me suis séparée de ma sœur, elle est propriétaire de notre maison, il me faut un autre logis. Mais cet hôtel est bien grand pour une personne seule et j'ai pensé que vous accepteriez de l'habiter avec moi. Nous nous arrangerons parfaitement, et je vois en perspective la vie la plus agréable du monde. Agathe n'est point assez nécessaire ici pour que nous ne puissions pas l'attirer à nous. Que dites-vous de ce projet, Elodie ?

— Julie, vous me transportez au troisième ciel. Je n'aurais jamais osé combiner cela. Echanger cette ennuyeuse maison contre ce bel hôtel serait le rêve de ma vie. Seulement, je me permettrai une petite observation. Comment meublerons-nous cette grande maison ?

— Très facilement ! Emmanuel, dans sa générosité vraiment royale, me laisse les gros meubles ; j'ai droit à la moitié du mobilier de notre maison de la rue aux Pignons ; vous-même avez quelques meubles, je crois.

— Une chambre entière, Julie, une pendule et une console dorée.

— J'étudierai le placement de tout cela, dit Mlle Julie en se levant. Maintenant, je vous quitte. »

Elle leva les yeux au plafond et ajouta :

« Comme vous devez le penser, je ne perds plus un moment de sa précieuse présence. C'est un frère, un fils, le meilleur des amis dont je vais me séparer.

— Et un fameux banquier, remarqua Agathe. Pour moi, ma tante, je ne resterai pas au clos d'Ahault, si vous allez demeurer avec Mlle Julie. Je m'ennuie assez ici.

— L'hôtel est grand, ma petite, dit Mlle Julie en lui frappant sur la joue d'un petit air de condescendance, et je ne refuse pas du tout de vous prendre, vous qui n'avez malheureusement rien à placer dans nos mines d'or.

— Papa a placé beaucoup, riposta Agathe, beaucoup plus qu'il ne pouvait le faire ; mais cela nous causait un certain plaisir de faire enrager M. le Premier, que le nom seul du baron Bigouldan met en colère, je ne sais pourquoi.

— Moi, je le sais, dit Mlle Julie sentencieusement. Emmanuel m'a fait ses confidences. M. Boisglesquen et lui se sont rencontrés sur les mêmes terrains en toutes sortes de choses, vous me comprenez, Elodie, et Emmanuel a toujours battu M. Boisglesquen, qui lui a conservé une rancune effroyable. Il y a surtout une histoire de mariage manqué qui est bien piquante. Je vous la raconterai quelque jour. Ne venez pas me reconduire, restez à vos chiffons. On a lancé une masse d'invitations pour la première soirée, et pour mon compte j'ai fait des folies. Elodie, vous viendrez voir mes ajustements un de ces jours. Vous voulez absolument me reconduire ? Eh bien, venez. »

Elles marchèrent vers la porte, qui s'ouvrit tout à coup devant Bengale. Elle portait Goulven dans ses bras, et était suivie par une dame mince, coiffée d'un élégant chapeau de jardin.

« Restez donc, dit Mlle Julie en serrant nerveusement la main d'Elodie et se levant sur la pointe des pieds pour lui parler à l'oreille : Mme Boisglesquen et moi, nous ne pouvons nous envisager ; elle est pire que son mari contre Emmanuel. Ne vous laissez pas influencer par nos ennemis. Elodie, pas de lâchetés ! » Et elle partit comme une flèche dans la direction du vestibule.

« Mademoiselle, dit Mme Boisglesquen en s'avançant dans le salon, veuillez excuser ma toilette de jardin et dites-moi si je puis voir M. du Galadoc.

— Mon beau-frère est occupé d'une affaire très importante, Madame, répondit Elodie d'un air pincé, il doit être chez son notaire.

— Eh bien, Mademoiselle, vous voudrez bien lui présenter ma requête, dit la visiteuse en prenant une chaise. Voilà bien longtemps que la vie n'est plus possible chez moi. Il a plu à ces messieurs d'installer un tir au fond du jardin et ce sont des détonations insupportables. Depuis longtemps, je ne puis entendre un coup de fusil sans souffrir. Je me prive d'accompagner mon mari aux parties de chasse, que j'aimais tant autrefois, pour ne pas entendre ces crépitements de la poudre, et voilà que je n'entends que cela dans mon salon, grâce à l'étrange idée de ces messieurs. J'ai attendu à me plaindre, je me disais que le collège allait me délivrer d'eux ; mais les rentrées sont faites et le tir continue à toutes les heures du jour. C'est intolérable. Pourquoi ne sont-ils pas au collège, Mademoiselle ?

— Parce qu'ils accompagnent M. le baron Bigouldan en Afrique. »

Mme Boisglesquen releva du doigt son joli chapeau pour mieux regarder Elodie.

« Est-ce une plaisanterie, Mademoiselle ? demanda-t-elle.

— Rien n'est plus sérieux, Madame. Nous avons de grands intérêts à Blackboulala et Charles et Roland sont d'âge à s'en charger.

— M. du Galadoc a des intérêts à Blagueboulala ? dit Mme Boiglesquen en appuyant sur le *g*.

— De grands intérêts, Madame.

— Vous me faites frissonner, Mademoiselle. Qu'il ait mis là dedans les capitaux qu'il pouvait avoir de disponibles, bien d'autres ont fait la même folie. C'est tout, je l'espère.

— Je n'ai pas à vous renseigner là-dessus, repartit aigrement Elodie. Mon beau-frère et moi menons nos affaires comme bon nous semble et n'avons pas l'habitude de prendre conseil des voisins.

— Evidemment, dit Mme Boisglesquen en se levant, même lorsqu'il s'agit d'empêcher les gens de se casser le cou. Je me rends également indifférente à ce qui ne me regarde pas personnellement. Mademoiselle, notre système est donc le même. Cependant ici, à cause de cette enfant (et elle caressa la joue de Bengale), je suis très intriguée et vais parler de cela à mon mari. C'est beaucoup plus intéressant que le tir. C'est sans doute pour se faire la main que ces messieurs ont cette rage de faire éclater force capsules.

— Oui, Madame. Là-bas la chasse sera une de leurs occupations.

— Enfin, Mademoiselle, en attendant là-bas, s'ils installaient leur tir du côté de la cour, je ne serais pas aux premières loges, comme je le suis, pour entendre les coups de fusil.

— Madame, je le demanderai à Charles, » dit timidement Bengale.

Elodie échangea un regard avec Agathe. De quoi se mêlait cette petite, et n'était-ce pas elle qui leur amenait cette voisine détestestée ?

« Quand partent ces messieurs pour la terre de l'or ? demanda Mme Boisglesquen.

— Le baron n'a pas fixé la date du départ, répondit Elodie, dont les regards n'avaient pas, à son grand regret, la puissance de la pousser dehors.

— Ah bien, nous verrons ! M. du Galadoc a donné bien vite ses aînés et son argent à cette majesté de paille. » Et sur cette phrase, qui empourpra de colère le visage d'Elodie, Mme Boisglesquen fit une courte référence et s'en alla, précédée par Bengale et Goulven.

Michelle, qui lui était fort reconnaissante de la sympathie qu'elle témoignait à Bengale et même à Goulven, guettait son retour. Elle avait l'intuition que le salut de la famille viendrait de ces gens élégants, qu'elle supposait très puissants.

« Madame, dit-elle, si Bengale va vous conduire par le jardin, je la débarrasse de Goulven.

— Ma bonne Michelle, vous êtes bien bonne de supposer que je m'en vais arpenter le mur comme Bengale, répondit en riant Mme Boisglesquen. Non, non, non; elle me reconduit seulement jusqu'à la barrière. Mais elle doit être bien fatiguée de porter ce gros baby.

— Bien sûr, Madame, répondit Michelle; donnez-moi Goulven, Mademoiselle. »

Elle prit l'enfant des mains de Bengale et suivit Mme Boisglesquen.

Profitant du moment où Bengale disparaissait dans le chemin avec la barrière qu'elle ouvrait toute grande, elle ajouta à voix basse :

« Vous n'avez pas vu Monsieur?

— Mlle Elodie m'a dit qu'il est chez son notaire.

— Peut-être bien, il ne quitte plus les hommes de loi. Monsieur votre mari avait promis qu'il s'occuperait un peu de ses affaires.

— Impossible! Il n'écoute rien, il agit comme bon lui semble.

— Mais alors nous sommes perdus, Madame. Monsieur n'entend plus que par ce baron endiablé. La maison est vendue à peu près, vous savez? »

Mme Boisglesquen tressaillit.

« Non, je ne savais pas. Oh! ceci est grave.

— Madame, si on le laisse faire, il nous mettra sur la paille. »

Mme Boisglesquen se détourna pour jeter un coup d'œil vers la maison.

« Vendue! répéta-t-elle. Nous croyions que c'étaient des paroles en l'air. Il eût dû nous prévenir. Le jardin peut être coupé en deux et la partie supérieure nous convenait parfaitement. Elle est vendue, Michelle, vous en êtes sûre?

— Plus bas, plus bas, Madame, les enfants ne croient pas à cela non plus. Cette petite Bengale ne se consolerait pas, elle souffre seulement de la crainte qu'elle en a.

— Pauvre enfant! » dit Mme Boisglesquen.

Elle mit un baiser sur la joue de Bengale qui revenait vers elle, fit un petit signe d'intelligence à Michelle et s'en alla en murmurant :

« Vendue, et le jardin nous aurait si bien convenu! »

CHAPITRE XXIII

LE REVERS DE LA MEDAILLE

Au clos d'Ahault on était en liesse. Le magnifique baron avait envoyé le matin même à ses futurs compagnons des armes de précision qui avaient fait leur admiration et celle de leur père.

C'était avec un véritable plaisir d'artiste que le vieux chasseur faisait mouvoir les batteries de fin acier. Il jetait des exclamations en braquant un œil dans le canon lisse et brillant, et assurait qu'avec ce fusil il ne manquerait pas une pièce. Si le temps n'avait pas été pluvieux, il serait immédiatement parti, Castor sur ses talons. Comme compensation, il se donnait le plaisir de monter et de démonter les armes, et donnait à ses fils des conseils qu'ils écoutaient respectueusement.

« Je ne regrette qu'une chose, dit-il tout à coup, c'est d'être trop vieux pour vous accompagner là-bas. »

Charles et Roland s'écrièrent qu'il n'était pas trop vieux, qu'il n'y avait pas besoin de lui à Questernac et qu'il serait, au contraire, très raisonnable qu'il vînt inspecter ses immenses propriétés. A toutes leurs instances, il répondait par un hochement de tête.

« Non, non, dit-il enfin, je me dois aux plus petits et mes affaires réclament ma présence. En engageant à ce point ma fortune, j'ai dû entrer dans des arrangements qui ne sont point terminés. Mes enfants, vous ne devinez pas toutes ces difficultés, vous ! La maison est vendue.... »

Il s'arrêta pour tousser avec effort, et reprit :

« La maison est vendue au tanneur de la rue Traverse, il faudra déloger et nous installer au Galadoc.

— Papa, cria une voix pleine de larmes, quelle maison est vendue ? »

L'étui du fusil de Roland échappa aux mains de M. du Galadoc. Cette voix éplorée le frappait au cœur. Puis il fronça terriblement ses sourcils en broussailles, et, parcourant le salon des yeux, dit d'une voix menaçante :

« Qui me demande cela ?

— C'est Bengale, répondit Charles. Elle s'est cachée derrière le rideau. »

Roland et lui se précipitèrent et amenèrent de force Bengale inondée de larmes, enveloppée dans ses grands cheveux.

Elle ne prit pas garde à la physionomie rébarbative de son père. Elle se jeta à son cou et il la tint pressée contre sa poitrine.

« Papa, papa, sanglota-t-elle, la maison... la maison...

— Eh bien, ma fille, dit-il en la plantant devant lui, la maison est vendue.

— Celle-ci, papa, celle-ci... où nous sommes ?

— Eh oui ! celle-ci, je n'en possède pas d'autre à Questernac.

— Il aurait peut-être fallu te demander la permission ? » cria Roland, qui lustrait le canon de son fusil.

Bengale rejeta ses cheveux sur ses épaules, essuya ses yeux rougis et, avec une physionomie qui la vieillissait de dix ans, elle dit :

« Papa, il ne fallait pas vendre la maison... celle-ci... celle de maman. »

Elle n'expliquait pas bien sa pensée, et cependant elle fut comprise, car M. du Galadoc baissa la tête. Ma mère a vécu ici, disait le regard triste et profond de la petite fille, nous l'avons vue agir, nous l'avons entendue parler, nous avons senti ses caresses ici. Elle est morte ici, et son souvenir nous est si présent et si cher qu'il nous semble qu'elle ne nous a pas quittés. La chère ombre ne se retrouvera pas sous des lambris étrangers ; il fallait garder la maison.

La résistance de Bengale exaspéra Charles et Roland, qui vivaient par anticipation dans leur pays enchanté et qui avaient beaucoup pesé sur la détermination de leur père. Ils la prirent par le bras, la reconduisirent jusqu'à la porte et la mirent poliment hors de l'appartement, en disant :

« Allez prêcher à Goulven, baby, et ne venez pas ennuyer vos aînés. »

Bengale ne fit aucune résistance et s'en alla au bruit du galop de Colomban et de Corentin qui arrivaient du collège. Ils avaient appris, on ne sait comment, qu'un nouveau et splendide cadeau avait été fait à leurs frères, et ils accouraient d'autant plus vite qu'une délicieuse arrière-pensée leur était venue. Leurs grands frères avaient des fusils neufs, ne serait-il pas légitime qu'ils réclamassent les vieux ? Ils fondirent dans le salon, rouges comme des coqs de combat, et tombèrent en arrêt devant les Remington que maniaient Charles et Roland.

M. du Galadoc s'était assis au fond de la pièce et assistait en souriant à la pantomime de chasse à laquelle se livraient ses aînés. Colomban et Corentin regardaient aussi, tout essouflés de leur course, tout haletants de leurs secrets désirs.

Quand la panthère que Charlemagne et Roland le Furieux poursuivaient en imagination, de fourré en fourré, d'arbre en arbre, fut sur le carreau, les petits se précipitèrent vers M. du Galadoc.

« Papa, donnez-nous, s'il vous plaît, les vieux fusils, » s'écrièrent-ils.

Ils étaient là, relégués dédaigneusement dans un coin. L'un d'eux était le premier fusil de chasse de M. du Galadoc et comptait plus de trente ans; l'autre était une carabine du même âge, héritage d'un parent.

« Vos vieux fusils ne vous serviront plus, dit M. du Galadoc à ses aînés, vous pouvez les donner aux petits, il me semble. »

Charles et Roland trouvèrent la chose juste et les petits vinrent présenter les armes à leur père, qui souriait doucement.

« Voilà tout le clan armé, dit-il : si nous faisions un peu d'exercice ? »

Il se leva et commanda gravement la charge en douze temps, qui fut supérieurement exécutée par les grands et très bien imitée par les petits.

La carabine de Corentin était terriblement lourde à ses doigts et à son épaule; mais il tint bon jusqu'au bout et ne daigna témoigner aucun plaisir quand son père commanda de réunir les armes en faisceau.

Le bruit des crosses tombant avec ensemble sur le parquet faisait encore vibrer les vitres, quand la porte s'ouvrit devant Michelle, introduisant M. Boisglesquen.

« C'est vous, voisin! dit M. du Galadoc, qui quitta son fauteuil pour s'avancer au-devant de lui. Vous me trouvez dans mon rôle de capitaine et chef de clan, faisant faire l'exercice à mes soldats.

— J'entendais vos commandements de la cour, répondit M. Boisglesquen, et je me demandais à quel propos vous déployiez cette pompe militaire.

— A propos d'un cadeau que mes aînés ont reçu. Vous savez qu'ils partent dans un mois pour le plus beau pays de chasse du monde. Ce sont d'heureux coquins.

— J'ai appris beaucoup de choses, en effet, dit M. Boisglesquen en hochant la tête. Pouvez-vous m'accorder un instant d'entretien, César?

— Certainement, répondit M. du Galadoc en saluant ironiquement. Mes enfants, je vous congédie; M. le Premier a, je le vois, de sérieuses communications à me faire.

— Plus sérieuses que vous ne pensez, » grommela l'ancien magistrat.

Et il prit le fauteuil voisin de M. du Galadoc, qui bouclait dans son étui le fusil de Charles.

« Mon cher, je vous écoute, dit M. du Galadoc en replaçant l'arme sur la chaise voisine; mais c'est bien du mystère. Qu'avez-vous à me dire que mes enfants ne puissent entendre?

— Ceci. Je viens d'apprendre que vous aviez vendu votre maison. Est-ce vrai?

— C'est vrai, répondit M. du Galadoc. J'aurais peut-être dû vous consulter? ajouta-t-il avec un geste moqueur. Ah! ah! ah! Je vous y prends. La partie supérieure de mon jardin entrait comme un gant dans votre parc, n'est ce pas ? Mais je devais tout vendre à la fois, et l'acquéreur a tout voulu en bloc.

— César, avez-vous encore en mains ces capitaux?

— Pourquoi?

— Je vous le dirai bientôt.

— Vous avez donc besoin d'argent, Monsieur le Premier?

— Non; j'ai seulement hâte de savoir que vous n'avez pas donné le vôtre à Emmanuel Bigouldan.

— Et pourquoi ne le lui aurais-je pas donné? » s'écria M. du Galadoc en frisant ses moustaches.

M. Boisglesquen le regarda fixement et dit doucement :

« Parce qu'il serait peut-être perdu, César. »

M. du Galadoc tressaillit de la tête aux pieds; mais, jetant à son interlocuteur un regard irrité :

« Vous recommencez à vous mêler de mes affaires, dit-il insolemment. Je croyais vous avoir fait comprendre suffisamment que cela ne m'allait point... En vérité je vous trouve plaisant... Que cela vous plaise ou non, j'ai vendu mes propriétés dans le pays et j'ai acheté en Afrique des propriétés qui me produiront une grande fortune. »

M. Boisglesquen hocha la tête et laissa tomber ces deux phrases :

« Vous êtes indignement volé; rien n'existe.

— Comment, ventre-saint-gris! s'écria M. du Galadoc, dont le visage se congestionna, ce royaume?...

— N'existe pas, César.

— Les mines, les forêts?...

— N'existent pas.

— La ville de... Black... sa gorge se serrait... boulala?...

— N'existe pas, mon ami. »

M. du Galadoc tendit les deux poings vers son interlocuteur.

« Misérable fou, tu m'assassines, bégaya-t-il; tu mens n'est-ce pas?

— Je dis l'exacte vérité.

— Les preuves! As-tu des preuves? »

M. Boisglesquen lui posa la main sur l'épaule.

« Oui, César, je vous les donnerai lorsque vous serez plus calme.

— Je les veux tout de suite. »

M. Boiglesquen tira avec une lenteur calculée d'une poche intérieure de sa redingote plusieurs lettres qu'il voulut retirer de leur enveloppe.

Il n'en eut pas le temps, M. du Galadoc lui arracha le tout des mains et s'élança vers la fenêtre, pour lire : dans l'angle à demi obscur où ils se trouvaient, c'était impossible.

M. Boisglesquen appuya son siège contre le

mur de façon à se trouver en face de celui auquel il apportait, bien malgré lui, la première annonce d'un malheur foudroyant.

M. du Galadoc lut la première lettre les sourcils froncés, mais avec un ironique sourire sur les lèvres. La seconde lui fit jeter un cri rauque, une sorte de rugissement. A la troisième, les papiers tombèrent de ses doigts sur le parquet et lui-même s'affaissa sur le fauteuil placé dans l'embrasure.

« Mon pauvre César, dit M. Boisglesquen, qui se leva et vint ramasser ses lettres qui

M. du Galadoc ne l'écoutait plus.

« Michelle, hurla-t-il, appelez Mlle Elodie.

— Monsieur, dit la voix de Michelle, Mademoiselle a la tête au bal de son baron et elle est partie avec Mlle Bigouldan sitôt le déjeuner.

— Le bal..., c'est vrai, il y a bal, cria M. du Galadoc; il est là, l'intrigant! je le tiens. »

Et, arrachant de dessus une patère son plus vieux couvre-chef de chasse, qui n'était qu'une loque de feutre, il s'en coiffa et sortit à si

M. DU GALADOC BRAQUAIT LE REGARD A L'INTÉRIEUR DU CANON LISSE ET BRILLANT

commençaient à voleter sur le parquet, il fallait me laisser vous préparer à... »

M. du Galadoc bondit sur ses pieds. Il était pâle comme un mort et ses yeux lançaient des flammes.

« Ces papiers! dit-il d'une voix qui hachait les mots, sur l'honneur, ils disent vrai, Maurice?

— Sur l'honneur!

— Ventre-saint-gris! hurla-t-il, je suis joué, volé, dupé. Mais il est encore ici, le scélérat

— Je l'espère, et c'est pourquoi, anticipant sur les événement, j'ai pris sur moi de vous révéler ce qui est encore un secret. »

M. du Galadoc lui tendit sa main froide comme du marbre et s'élança vers la porte.

« César, s'écria M. Boiglesquen, pas de violences! S'il vous voit ainsi bouleversé, il s'enfuira. »

grandes enjambées, que Michelle s'écria en pénétrant dans le vestibule :

« Il y a donc le feu à Questernac que Monsieur court comme cela? Avez-vous entendu le toscin, Monsieur? »

Cette demande s'adressait à M. Boiglesquen, debout sur le seuil de la porte du salon.

« Non, répondit-il en mettant son chapeau; non, Michelle, ce n'est pas l'incendie qui menace Questernac, c'est pire. On dirait qu'une sorte de folie les a saisis pendant ma saison d'hiver; cela les regarde. Cette pauvre Bengale pleurant sa maison nous a révélé tout au long les imprudences de votre maitre, Michelle, mais je crains d'être arrivé trop tard.

— Monsieur, dit Michelle en joignant les mains, que Dieu vous bénisse si vous pouvez l'empêcher de donner des sommes d'argent à ce baron, qui, à mon avis, a les yeux du diable ! Quand il me regarde, je me sauve. C'est comme d'envoyer nos aînés dans un pays de nègres pour les faire manger par les loups de ces pays-là. Quand Mademoiselle et eux parlent de tout ça, je serre ma coiffe à deux mains sur ma tête, tant elle bouillonne en dedans. Il y a comme un vertigo par ici depuis tous ces contes de ma mère l'Oie, et vous avez joliment bien fait de tenir tête à Monsieur. Est-ce chez le baron qu'il va ce pas ? S'il pouvait défaire tous les arrangements qui nous ruinent, s'il pouvait ravoir la maison surtout !

— Je crains que ce ne soit trop tard, dit M. Boiglesquen ; mais j'ai fait ce que j'ai pu et ce n'est pas commode de venir éclairer César du Galadoc sur ses propres bêtises.

— Il a toujours de bien bonnes intentions, Monsieur, dit Michelle en lui présentant sa canne ; mais les prédicateurs disent que l'enfer en est pavé.

— Et ils ont raison, ma bonne fille ; Galadoc a trop négligé cette théologie-là. Michelle, si les nouvelles sont bonnes, vous nous enverrez cette pauvre Bengale qui nous a vraiment attendris, ma femme et moi, si bien que je me suis décidé à venir montrer à son père des lettres confidentielles reçues il y a trois jours. Cependant je n'ai jamais aimé à me mêler des affaires des autres ; mais cette fois, je n'ai pu me taire. »

Et il s'en alla en hochant la tête.

CHAPITRE XXIV

OU LA BULLE DE SAVON CREVE

A l'hôtel Saint-Amand, Mlle Julie Bigouldan, Mlle Elodie et Agathe du Galadoc étaient tout yeux pour admirer le contenu d'une vaste caisse qu'on venait d'apporter et qui arrivait directement de Paris. Le magnifique baron avait remarqué que les toilettes de Mlle Julie étaient aussi démodées que fanées et étriquées, et il lui avait dit qu'elle ferait les honneurs de son dernier bal, costumée comme il convenait à son rang.

Mlle Julie s'était défendue mollement et avait accepté sans trop de peine l'adresse des magasins où le baron lui ouvrait un crédit.

Une jupe et un corsage mal taillés, mais solidement cousus par la couturière de Questernac, avaient pris, tout étonnés, le chemin de Paris. Mlle Julie avait aussi mesuré sa taille étriquée, et voilà que la toilette arrivait au complet, bien avant le bal, reculé de quelques semaines, et si magnifique que ces dames la contemplaient avec stupéfaction.

« Ma chère, il vous a traitée en princesse, s'écria Elodie avec une pointe de jalousie.

— N'est-ce point trop... jeune, trop... élégant, pour moi, Elodie?

— Non, cette nuance fraise écrasée a des reflets très sombres. Il s'agit d'un bal. Mon Dieu, Julie, nous aurons l'air de je ne sais quoi auprès de vous.

— C'est ce que je disais à Emmanuel : « Mon cher cousin, vous avez tort de mettre « ce prix exorbitant dans cette toilette. Je « serai jalousée par toutes ces dames, qui « sont si mal mises, voilà tout. »

— Ma tante, dit Agathe en éclatant de rire, voilà qui n'est pas flatteur pour vous.

— Julie, dit vrai, répondit dans un soupir Elodie, que la vue de la toilette fascinait. Mais cela changera quelque jour, n'est-ce pas, Julie, pour nous du moins?

— Ma chère, j'ai retenu pour vous l'adresse du magasin et le nom de la personne qui m'a si bien servie. Aussitôt que vos rentes arriveront de Blackboulala, vous pourrez commander quelque chose.

— Mais Emma... M. le baron sera parti et Questernac retombera dans l'ennui. »

Mlle Julie détourna ses yeux de la caisse et jeta à Elodie un coup d'œil plein d'éloquence.

« Il faut toujours vous remonter le moral, dit-elle; une absence du baron passera inaperçue. Est-ce que nous partons, nous? Si nous louons l'hôtel, d'ailleurs, ne pourrons-nous donner des fêtes? Ma chère, fortune oblige et je suis bien décidée à imiter Emmanuel et à faire gagner le commerce de Questernac. Vous savez qu'on est venu hier renouveler le bail et que j'en ai signé un de trois ans.

— En mon nom aussi? s'écria Elodie.

— Non, il n'a été question que de moi, et pour trois ans seulement. Vous êtes si peureuse, que je n'ai pas voulu signer pour neuf ans en votre absence. Mais revenons à nos affaires. Voyons, Agathe, toi qui as la taille souple, ôte ma toilette de cette caisse, que nous puissions la bien admirer. »

Agathe obéit, et Mlle Julie s'écria :

« Quelle merveilleuse étoffe ! Ne trouvez-vous pas, Elodie ? Eh bien, que regardez-vous de cet air effaré ?

— Il me semble entendre la voix de mon beau-frère, dit Elodie, les yeux fixés sur la porte, il jure comme un païen.

— Vous rêvez. Les visiteurs ne viennent jamais à cet étage. Si M. du Galadoc est venu chercher Emmanuel, il aura été conduit par le valet de pied dans... le... dans... »

Le grincement des gonds de la porte, qu'une main inhabile essayait d'ouvrir de l'extérieur, lui coupa la parole. Elle n'eut pas le temps de reprendre sa phrase ; la porte s'ouvrait violemment devant M. du Galadoc son bâton d'épine à la main.

« Bigouldan! où est Bigouldan? dit-il de sa voix de stentor. Ventre-saint-gris! je veux savoir où il est.

— Monsieur, dit Mlle Julie en essayant de garder son sang-froid devant ce furieux, mais tremblant tellement de tous ses membres que la robe, échappant de ses doigts agités, retomba dans la caisse ouverte, Monsieur, que signifie?...

— Je vous demande où est Emmanuel Bigouldan. C'est clair, il me semble. Où est-il? J'ai fait le tour de la maison, je ne le trouve nulle part.

— Monsieur le baron est-il dans son cabinet? demanda Mlle Julie au domestique effaré, qui se tenait à distance respectueuse de M. du Galadoc.

— Nous avons frappé, Mademoiselle, personne n'a répondu, répliqua-t-il; la porte est fermée en dedans.

— C'est une précaution nécessaire; mais j'ai la clef du petit couloir. Mon cousin travaille très tard la nuit et il lui arrive de s'endormir dans son fauteuil. Je suis à vous, Monsieur. »

Elle se pencha vers Elodie.

« Suivez-moi, murmura-t-elle, et amenez le domestique; c'est évidemment un accès de folie, ne me laissez pas seule avec lui. »

Elle marcha vers la porte et descendit l'escalier, précédée plutôt que suivie par M. du Galadoc. Arrivée devant la porte du couloir qui conduisait au bureau particulier du baron, sa main, qui tremblait, ne pouvait introduire la clef dans la serrure.

« Laissez, dit-il, je vais jeter cette porte à bas.

— Monsieur, Monsieur, je vous en supplie ! »

Elle remit la clef et en même temps tourna le bouton. La porte, qui n'était qu'à demi fermée, s'ouvrit et elle marcha d'un pas précipité vers l'antichambre.

« Il est là ? demanda M. du Galadoc de sa voix rauque.

— Oui, Monsieur ; mais il dort peut-être. Laissez-moi l'appeler. Elodie, êtes-vous là ?... Oui... »

Elle alla frapper doucement à la porte qui lui faisait face et appela :

« Emmanuel, Emmanuel ?

— Plus fort, » dit M. du Galadoc en levant son bâton d'épine comme pour frapper sur la porte.

Et plaçant en même temps la main sur le bouton de cristal, il l'ouvrit et s'élança sans façon et le premier dans le cabinet particulier. Il était vide, et, détail qui n'échappa pas à M. du Galadoc, l'armoire de fer où avaient dû s'engouffrer ses billets de banque était ouverte.

« Le gredin, le misérable, il est parti ! » s'écria-t-il en fouillant la pièce dans ses coins et recoins.

Mlle Julie jeta un coup d'œil derrière elle, et voyant qu'elle n'était pas seule :

« Monsieur, s'écria-t-elle, je ne laisserai pas devant moi insulter mon cousin.

— Votre cousin ! rugit M. du Galadoc ; mais c'est un voleur ; mais c'est un infâme fripon. Votre cousin ! mais la justice est à ses trousses ; mais il nous a menti ! mais il nous a volés, ruinés.

— Monsieur, dit Mlle Julie, qui passait du rouge au livide, je vais m'informer près des domestiques, savoir quand il est parti et, si vous vous calmez, l'amener sans doute.

— Amenez-le-moi donc que je l'étrangle et que je lui fasse rendre gorge. »

Mlle Julie sortit en trébuchant.

« Ma chère, dit-elle à Elodie, je vais chercher du secours il lui faut la camisole de force.

— Papa n'est pas fou, s'écria Agathe ; il est en colère, voilà tout. »

Et elle passa dans le cabinet où son père continuait à se promener à grands pas.

« Papa, dit-elle, reposez-vous, je vous en prie.

— Mon enfant, il n'y a plus pour moi de repos, je vous ai ruinés.

— Mlle Julie va peut-être ramener le baron.

— Non, j'ai parcouru toute la maison, il s'est enfui. Il aura été averti que ses scélératesses sont découvertes. Quel malheur que j'aie mis le pied dans cette maison, reprit-il en frappant sur le parquet du salon. Je devinais que ce qu'il débitait était des fables. C'est ta tante qui a été cause de tout, Agathe, elle seule. Qu'elle déménage le plus vite possible de chez moi. Sa vue me serait insupportable.

Agathe disparut et le pauvre homme, n'en pouvant plus, se jeta dans un fauteuil. Il n'attendit pas longtemps le retour de Mlle Julie. Elle arriva, le teint livide, les yeux hagards.

Le baron n'était pas revenu chez lui et il avait vendu ses chevaux et ses voitures ; les marchands étaient là avec leurs reçus très en règle.

« Donc, c'est fini, dit M. du Galadoc en se levant ; il est parti emportant l'argent de mes enfants et celui de bien d'autres. Je n'ai plus qu'un désir, c'est que la justice, qui le guette à Marseille, lui mette la main au collet, et que je puisse le revoir une fois pour le traiter comme il le mérite.

Il se tourna vers Mlle Julie et reprit :

« Mademoiselle, le temps des fêtes et des colifichets est passé. Cette armoire vide vous en dit bien long à vous aussi. Seulement on sait que les femmes ont peu de cervelle. Mais m'avoir empaumé, moi, un père de famille, un grison, c'est fort ! »

Et s'adressant à sa fille qui rentrait :

« Agathe, as-tu fait ma commission à ta tante Elodie ?

— Oui, mon père. Elle ne sait où aller.

— D'où est-elle venue ! Je ne veux pas la voir. C'est elle qui nous a jetés dans ce guêpier. Agathe, je t'emmène.

— Mais ma tante, mon père ?...

— Se débrouillera comme elle le pourra. Je t'ordonne de me suivre et te défends de remettre le pied dans cette maison maudite. »

Agathe disparut et revint presque aussitôt, son petit chapeau à la main. Son père l'attendait, debout sur le seuil de la porte, et ils partirent sans donner un signe d'attention à Mlle Julie, assise dans une pose pleine d'accablement.

M. du Galadoc n'avait plus l'air fou. Et puis c'était certain : le baron avait disparu, l'armoire mystérieuse était vide : il avait tout vendu à son insu ; mais si cela était vrai...

Ses mains se crispaient, ses yeux se fermaient violemment comme si, prise de vertige, elle voyait tout à coup s'ouvrir devant elle un effroyable gouffre.

CHAPITRE XXV

LES CHATEAUX DE CARTES

On avait mis un an à bâtir ces fragiles châteaux de cartes qui s'écroulaient soudain, ne laissant après eux qu'une impalpable poussière.

C'était à Questernac une consternation, un ahurissement qui, pour certains, allaient, hélas! se changer en désespoir.

A tous ces acheteurs de terrains à Blackboulala, il semblait qu'on arrachait une fortune. Ils s'étaient complu dans ces immensités de terrains, dans ces mirages de mines d'or, ils avaient joui par avance de ces revenus énormes, et ceux mêmes qui n'avaient livré au baron Bigouldan qu'une somme insignifiante criaient comme des écorchés.

Le contre-coup s'était fait sentir jusque dans les santés et le docteur Chazdeleau disait, en haussant les épaules, que la déconfiture de cet intrigant rapportait à la médecine plus qu'une épidémie.

En ce moment, il sonne à la porte de la rue aux Pignons, devenue la propriété de Mlle Angélique Bigouldan, et la porte lui est ouverte par la vieille Annette qui n'a pas voulu la quitter et qui a magnanimement refusé les gages que lui offrait Julie, chez le baron Emmanuel.

« Comment va votre maîtresse, Annette? demanda le docteur; je la croyais hors d'affaire.

— Monsieur le docteur, je crois bien qu'elle a gagné sa mort dans ses grandeurs. Elle a été bien malade cette nuit, et c'est pourquoi Mlle Angélique vous a fait chercher. La voici. »

Mlle Angélique arrivait, en effet, fraîche et souriante, bon gré mal gré.

« Docteur, ma sœur a eu une rechute, mais légère, dit-elle. Hier soir, elle a eu l'imprudence de se mettre à la fenêtre; les jeunes gens du clan sont passés et lui ont jeté à la tête des vérités bien pénibles. Aussi la nuit a été mauvaise, et la bile est en mouvement plus que jamais. Elle a voulu se lever, sortir ; mais vous allez, je crois, la consigner dans sa chambre. »

En parlant ainsi, elle précédait le docteur dans une chambre du premier étage, à l'ameublement de laquelle elle n'avait pas voulu toucher, bien que sa sœur habitât l'hôtel Saint-Amand.

« Tu le vois bien, Julie, je comptais sur ton retour, » a-t-elle pu dire à son aînée en la rapatriant dans son ancien domicile.

Et Mlle Julie n'avait pas manqué de jeter un regard reconnaissant sur le visage de son ancienne victime dont elle devenait l'obligée.

Le docteur la trouva assise dans un fauteuil et occupée à trier des papiers. Elle tourna vers lui des yeux devenus couleur orange et lui tendit machinalement son bras droit. Tout en examinant le visage bouleversé de Mlle Julie, il appuya le doigt sur l'artère et dit :

« La bile fait encore des siennes. J'avais défendu les émotions.

— Puis-je me laisser insulter sans en souffrir? dit Mlle Julie, qui n'avait plus sa mine altière et dédaigneuse.

— Ne vous exposez pas à des rencontres fâcheuses, Mademoiselle; gardez la chambre et préparez une saison à Vichy. »

Et là-dessus, il partit en ordonnant à Mlle Angélique de ne point le reconduire. A la porte, il trouva la vieille Annette qui guettait sa sortie.

« L'avez-vous guérie, Monsieur le docteur? dit-elle ; Mlle Angélique finira par se faire du chagrin et par en tomber malade, elle aussi, ce qui serait bien plus cruel, Seigneur!

— Ne craignez point cela, ma bonne, c'est un autre tempérament que son aînée, qui a l'âge d'être sa mère. Elle est bien jaune, ce matin, Mlle Julie.

— Dame, Monsieur le docteur, elle a la manie de se mettre à sa fenêtre. Hier, les messieurs du clos d'Ahault ont passé et on lui en a dit de dures. Et ils sont partis en chantant à tue-tête la chanson que l'on a faite contre elle.

— On la chansonne, Annette?

— Oui, Monsieur, et il ne se passe pas de jour où je ne prenne mon balai pour chasser des gamins qui chantent devant notre porte :

C'est là
C'est là
C'est là qu'est la reine.
C'est là
C'est là
Qu'est Blackboulala.

La bonne femme avait chanté d'une voix chevrotante, mais juste, et le docteur ne put s'empêcher de rire.

Et il s'en alla vers le clos d'Ahault en fredonnant machinalement :

C'est là... c'est là... c'est là qu'est la reine.

Au bout de la rue des Pignons, une dame qui avait un voile épais sur le visage lui barra le passage.

« Docteur, un mot, je vous en supplie, » dit-elle.

Elle leva son voile et la figure très amaigrie de Mlle Elodie apparut aux yeux du docteur Chazdeleau.

« Comment vont vos névralgies, Mademoiselle ? dit-il en saluant.

— Un peu mieux, j'ai pu sortir de ma prison, et je vais chez les demoiselles Bigouldan ; j'espère être reçue aujourd'hui. Julie est bien dure de me fermer sa porte, car enfin c'est elle qui m'a jetée dans ce guêpier.

— Vous y êtes allées bras dessus bras dessous, je crois, Mademoiselle.

— Docteur, elle m'a entraîné. J'étais si bien chez mon beau-frère.

— Il a été malheureux que vous y fussiez, Mademoiselle ; Galadoc se méfiait de cet intrigant.

— Docteur, je ne lui ai jamais conseillé de vendre sa maison et le moulin.

— Je n'en jurerais pas, Mademoiselle, permettez-moi de vous le dire. Dans tous les cas, vous avez poussé à la roue, vous l'avez conduit aux fêtes de ce farceur. Et vous savez, les têtes chaudes, ça s'enflamme vite, et quand le feu est mis aux poudres, impossible d'éteindre. J'ai bien l'honneur de vous saluer. »

Et il se sauva vers le clos d'Ahault, dont la barrière lui fut ouverte par Michelle qui promenait Goulven.

« Comment va mon convalescent, Michelle ? demanda-t-il.

— Bien, Monsieur le docteur. Votre saignée l'avait affaibli ; mais voilà trois jours qu'il mange solidement et, sinon qu'il a le visage plus blanc que d'habitude, on ne croirait pas qu'il a eu un coup de sang.

— Dans ce cas, Michelle, il m'est inutile d'aller plus loin. Tout Questernac souffre peu ou prou en ce moment et je n'ai pas un moment à perdre. »

Il tournait sur ses talons ; Michelle lui saisit le bras en disant :

« Monsieur le docteur, une petite visite s'il vous plaît. Mon maître est guéri de son coup de sang, c'est vrai ; mais il aura toujours la maladie qui a nom : le chagrin. M. Charles et M. Roland vont s'engager et les voilà perdus pour nous, il va falloir déménager et quitter la maison. Ça vaut bien des maladies. Allez deviser un peu avec lui, Monsieur le docteur, allez le voir. Il est dans le salon : il y a là dans la boiserie un miroir que Madame aimait bien, et il voudrait l'emporter. »

M. du Galadoc, pâle encore de la saignée abondante qu'il avait dû subir le jour même où il avait appris la fuite de l'intrigant, donnait du fond de son fauteuil des conseils à ses aînés qui, armés d'un marteau et d'un ciseau à froid, essayaient de détacher de la boiserie un joli trumeau au fronton sculpté, qui paraissait faire corps avec elle.

Il accueillit le docteur avec une cordialité toute particulière, il se laissa tâter le pouls et montra du geste ses deux aînés.

« Vous savez qu'ils vont s'engager, murmura-t-il, je ne peux plus les garder ; Charlemagne entre dans les cuirassiers, Roland dans l'artillerie. Ils ont des goûts différents. »

Le docteur, ému, lui tendait la main par un geste compatissant, mais M. du Galadoc se leva brusquement, lui tourna le dos et s'écria :

« Est-il pris, Maurice ? est-il pris ? »

La porte du salon s'était ouverte devant ses voisins. La douleur du pauvre homme avait fait sortir M. et Mme Boiglesquen de leur confortable égoïsme. Il ne se passait pas de jour que l'un d'eux ne vînt familièrement au clos d'Ahault, lui pour causer avec M. du Galadoc des poursuites intentées contre le baron Bigouldan, elle pour voir Bengale, qui se refusait obstinément à quitter son père.

« Non, dit M. le Premier, il n'est pas pris. Je commence à croire qu'on ne le cherche pas du bon côté. Mais, le croiriez-vous, la présence de son secrétaire a été signalée du côté de Questernac. J'ai écrit pour qu'on fasse une battue sérieuse dans nos environs. Cet homme, son secrétaire, est sa doublure.

— Cet infernal Eusébio, s'écria M. du Galadoc, c'est lui qui m'a si bien expliqué ces maudites tromperies. Il m'a fait lire des lettres qu'il fabriquait probablement.

— Eusébio, répéta M. Boisglesquen avec un sourire, le fameux secrétaire, savez-vous qui il est, César ?

— Non, ma foi, quelque escroc espagnol à ses gages, sans doute.

— Espagnol, non point, mon cher. Don Eusébio... est né à Questernac.

— Bon, dit le docteur, vous plaisantez, je pense.

— Je dis la vérité. Il est né dans une échoppe de cordonnier, près du grand pont, il s'appelle de son vrai nom...

— Ventre-saint-gris ! Boisglesquen, vous me confondez, s'écria M. du Galadoc ; ce méchant maraudeur à qui j'ai donné plus d'une gifle, ce vaurien qui a manqué tâter de la prison, serait cet Eusébio à la langue dorée.

— Lui-même !

— Et il n'a pas été reconnu !

— Il portait un déguisement : lunettes bleues, fausse barbe, perruque.

— C'est vrai, reprit M. du Galadoc, on n'a jamais vu ses yeux : le soleil de Blackboulala lui avait donné une ophtalmie, disait Elodie, qui gobait dévotement tous leurs mensonges. Ah ! qu'on les prenne tous les deux ! que j'aie le bonheur de les savoir coffrés quelque part, je serai moins malheureux. »

CHAPITRE XXVI

LE REVENANT

On commençait à déménager au clos d'Ahault. La terrible échéance était proche. La jolie glace encadrée dans la boiserie avait été portée, un soir, par Charles et Roland chez Mlle Angélique Bigouldan. On disait maintenant Mlle Angélique, l'autre s'étant en quelque sorte abîmée dans son désastre. Certains souvenirs précieux avaient suivi le miroir.

En cette saison, on ne pouvait songer à porter ces choses au Galadoc, qui était un domaine perdu dans les montagnes. Et d'ailleurs il n'y avait personne qui sût donner un ordre au clos d'Ahault.

« Faites comme vous voudrez, » répondait invariablement le chef du clan.

Il ne s'était occupé que d'une chose : arracher aux mains des futurs terrassiers certaines plantations qui lui étaient chères. Ces arbustes avaient pris vers la fin du jour le chemin du cottage de Mme de Gourbin, qui s'était empressée de leur donner l'hospitalité dans son jardin.

« Je n'irai pas jusque-là, avait dit M. du Galadoc, la vue de ma belle-sœur me jetterait hors de mes gonds, car ç'a été un jour maudit que celui où elle s'est implantée chez moi. »

Charles et Roland avaient eu les mêmes répugnances et c'était à Michelle qu'avait été dévolu le soin d'accompagner le charretier, de faire mettre les arbustes en terre et de régler toutes choses.

Michelle avait mis son beau capot brodé, avait jeté sur ses épaules sa mante à large capuchon tuyauté et était partie en disant :

« Je n'arriverai pas avant six heures; aussi le souper ne sera pas servi à sept heures juste. Vous voilà prévenus, Messieurs. »

Sur cette annonce, Charles et Roland avaient fondu dans la salle à manger et s'étaient emparés de deux gros morceaux de pain.

Mais ils avaient beau fureter dans le buffet, pas de beurre.

« A quoi diable pense Michelle de coffrer le beurre de table? » s'écria Roland en frappant sur la table ronde un coup de poing si retentissant, que, par deux portes différentes, apparurent M. du Galadoc, Agathe et Bengale.

Celle-ci portait un petit pot de terre recouvert d'un papier.

« Il n'y a plus de beurre frais que le matin, dit-elle; Michelle dit qu'il est trop cher. Voulez-vous du miel? »

Et elle leur tendit le petit pot gris.

« Michelle finira par nous affamer, » grommela Agathe en appuyant son front contre les vitres de la fenêtre.

Et, se redressant tout à coup :

« La voilà qui revient, dit-elle.

— Ce n'est pas possible, » dit M. du Galadoc en se rapprochant de la fenêtre.

Dans le chemin au delà du mur d'enceinte courait une femme au capot de tulle et, le sentier montant tout à coup, le profil anguleux de Michelle apparut sous sa coiffe.

Une minute plus tard la porte de la salle à manger s'ouvrait devant la brave fille, tellement haletante et les yeux tellement dilatés, que Charles poussa près d'elle un fauteuil sur lequel elle se laissa tomber en lançant comme un cri cette phrase :

« Je l'ai vu. »

On l'entoura. Bengale saisit au vol son capot qui s'en allait à la dérive. Colomban et Corentin, qui arrivaient du collège, crurent que leur pauvre bonne étouffait, s'élancèrent vers la fenêtre et l'ouvrirent.

La bouffée d'air qui frappa sur le visage de Michelle lui fit du bien. Elle se redressa et répéta :

« Il est ici.

— Qui? crièrent le père et les fils.

— Lui! le baron, le diable, si vous voulez.

— Que dis-tu? s'écria M. du Galadoc.

— La vérité, Monsieur. Monsieur Corentin, allez, s'il vous plaît, chercher ma mante qui s'est accrochée à la barrière. J'ai vu le baron, celui qui vous a volé, il était dans la diligence jaune.

— Michelle, tu n'es pas folle? cria M. du Galadoc.

— Monsieur, je jure sur ma part de paradis que c'est lui, ou, s'il est mort, c'est qu'il revient. J'attendais la charrette et je m'étais assise contre le talus. La diligence arrivait, un monsieur regarde du côté de la maison et, si la diligence n'avait pas passé si vite, j'aurais sauté dans la voiture; c'est lui, avec ses cheveux blancs et une barbe blanche; mais c'est lui, je connais bien ses yeux.

— Charles, Roland, cria M. du Galadoc, courez à l'*Epée* où descend la diligence, arrêtez-le, amenez-le ici de gré ou de force. »

Charles et Roland disparurent.

« Et si la diligence est partie? remarqua Michelle en se levant, tout à fait remise et légèrement confuse de s'être assise et décoiffée devant son maître.

— Nous courrons après. C'est bien lui?

— C'est lui, monsieur, avec une grande barbe blanche.

— Voilà une barbe qui a poussé bien vite, dit Agathe de son embrasure.

— Il a sans doute pris un déguisement, mademoiselle; mais c'est lui. Vous partez, monsieur ?

— Oui. Malheureusement cette nouvelle m'a cassé les jambes. Voyons! la diligence s'arrête cinq minutes à l'*Epée*. Elle sera repartie. Nous n'avons pas une minute à perdre. Colomban, écoute : va, en courant de toutes tes jambes, chez Blaker, le loueur de chevaux. Qu'il me harnache trois de ses meilleures bêtes et qu'il les amène ici tout de suite, tout de suite.

— Et si Michelle s'est trompée? remarqua Agathe.

— C'est lui, dit Michelle, ou s'il est mort, c'est un revenant. C'est lui, monsieur, sur ma part de paradis.

— Va, Colomban, dit le père. Toi, Corentin, va me chercher mes bottes. Agathe, mon burnous. »

Il s'équipa séance tenante et il finissait de boutonner son caban, quand Charles reparut.

La diligence venait de quitter l'*Epée* quand ils étaient arrivés à l'hôtel; ils auraient essayé de la suivre à la course, si elle n'avait pris des chevaux frais.

Roland avait couru chez le loueur de chevaux, supposant que son père voudrait essayer de la rattraper.

« Certainement, je le veux, s'écria M. du Galadoc; j'irais chercher cet homme chez le diable! J'espère que Colomban aura bien fait ma commission. Il faut que nous atteignions cette diligence avant son entrée en gare. Mon carnier, ma gourde, mon revolver. Ah! voici les chevaux. En selle, mes enfants, en selle!

— Monsieur, vous ne mangerez pas un morceau avant de partir? dit Michelle.

— Nous partons, » s'écria M. du Galadoc en s'élançant vers la cour.

Trois chevaux scellés y entraient, conduits par Colomban et un garçon d'écurie. La nuit était tombée, on n'y voyait plus guère; il y eut un moment d'hésitation pour le choix des chevaux. M. du Galadoc étant beaucoup plus lourd que ses fils, il lui fallait une monture plus solide. Ceci permit à Michelle de verser du vin dans trois verres, qu'Agathe et Bengale portèrent aux trois cavaliers. Ils les burent d'un trait et partirent bon train.

« Si tu t'es trompée, dit Agathe à Michelle, tu auras fait une belle affaire.

— On ne donne pas sa part de paradis à la légère, mademoiselle, répondit Michelle; si ce n'est pas lui, le diable a joué un tour de sa façon et aura mis ses yeux dans la figure du baron pour me tromper. Mais s'il n'y a pas une diablerie là-dessous, c'est lui, c'est le baron, le cousin de Mlle Julie, celui qui nous a volés, enfin. »

Les trois cavaliers galopaient en silence dans la nuit.

Malheureusement, ce jour-là, on avait attelé à la diligence jaune deux chevaux jeunes et vigoureux, qui lui donnaient une allure beaucoup plus rapide que d'habitude. De loin en loin, les lueurs des lanternes apparaissaient dans les ténèbres; mais c'était dans un tel lointain qu'il n'y avait guère moyen d'espérer qu'on pût la rattraper avant son arrivée à la gare.

« Allons toujours, grommelait le père les dents serrées; pourvu que nous arrivions à temps pour prendre le train de dix heures. nous ne perdrons pas sa trace, car il ne restera pas à Rennes, il lui en cuirait. »

Ils n'atteignirent pas la diligence, mais ils la rencontrèrent à sa sortie de la petite gare.

« Nicolon, cria M. du Galadoc en se levant sur ses étriers, où sont tes voyageurs?

— En gare, Monsieur, répondit le conducteur en portant la main à sa casquette.

— Tous? même le monsieur à barbe blanche? cria Charles.

— Tous? Monsieur; ils sont tous montés dans le train, excepté la fille au meunier que je ramène chez sa marraine. »

Les Galadoc n'en demandèrent pas davantage; ils s'élancèrent et entrèrent dans la cour de la gare.

« Combien jusqu'au départ? demanda M. du Galadoc à un employé du haut de sa selle.

— Trois minutes, monsieur. »

Il mit pied à terre, ses fils l'imitèrent.

« Qu'allons-nous faire de nos chevaux? dit Roland.

— Attachons-les d'abord, nous trouverons bien quelqu'un de Questernac par ici. »

Les chevaux furent attachés et le père et les fils pénétrèrent dans la salle d'attente.

« En voiture, les voyageurs pour Rennes, criait l'employé.

— Monsieur du Galadoc, le train va partir, dit celui qui pesait les bagages.

— Vous me connaissez? dit M. du Galadoc aveuglé par la lumière du gaz.

— Je suis de Questernac, Monsieur; je suis le fils de votre facteur.

— Parbleu, je vous reconnais. Rendez-moi un grand service. Nous sommes venus à cheval de Questernac et il faut à tout prix, à tout prix entendez-vous, que nous partions par ce train. Nos chevaux sont attachés dans la cour. Il y a près d'ici une auberge. Faites-les mettre à l'écurie, nous les prendrons au retour.

— Je m'en charge, monsieur.

— Merci. Charles, prends les billets.

— Vous n'en avez point le temps, dit l'employé; vous n'avez que celui de sauter en wagon. »

Ils ne se le firent pas dire deux fois et ils étaient à peine entrés dans un wagon de seconde que le train s'ébranlait.

Ils n'étaient pas seuls, et néanmoins le père et les fils causèrent à voix basse de l'aventure et s'ingénièrent à trouver la piste.

A peine le train serait-il entré en gare, que

les deux jeunes gens devaient s'élancer vers les wagons des premières et en passer la revue ; leur père se tiendrait près de la porte de sortie, et ainsi le baron, malgré son déguisement, ne leur échapperait pas.

Tous juraient qu'ils le reconnaîtraient et qu'ils l'arrêteraient, dussent-ils appeler la force publique à leur aide.

Quand ils aperçurent les milliers de lumières qui annonçaient la grande ville, Charles et Roland se rapprochèrent de la portière, l'ouvrirent du dedans, et, à la première oscillation d'arrêt du train, ils sautèrent sur la voie et coururent aux wagons. M. du Galadoc, non moins agile, se précipita vers la sortie, sans apercevoir un homme très grand, à barbe blanche, qui descendait des troisièmes, une lourde valise à la main, et s'en allait de l'autre côté de la voie en se glissant entre les wagons amoncelés.

Charles et Roland trouvèrent leur père dévisageant les derniers voyageurs, derrière lesquels la porte se fermait.

Ils revenaient bredouille. M. du Galadoc héla un employé.

« Le train pour Paris est parti ? dit-il.

— Oui, monsieur.

— Avez-vous d'autres trains de nuit ?

— Nous avons celui de Saint-Malo qui chauffe.

— Saint-Malo ! s'écria M. du Galadoc ; et où est-il, ce train ?

— Là-bas, derrière la voie. Si vous le prenez, hâtez-vous, » ajouta-t-il en regardant le cadran lumineux de la gare.

M. du Galadoc se précipita avec ses fils du côté indiqué et n'eut que le temps de se jeter dans un wagon de première dont on n'avait pas encore fermé la portière.

« Saint-Malo, c'est le chemin de Jersey, dit M. du Galadoc en se laissant tomber sur les coussins ; si c'est lui, il va là. »

On recommença à tracer des plans.

Le train était court ; les tromper serait impossible cette fois.

« Nous sommes à la chasse, dit M. du Galadoc, soyons rusés et prudents. Si l'un de nous découvre le gibier, qu'il siffle l'hallali, nous le rejoindrons sur-le-champ.

— Faudra-t-il lui mettre la main au collet, père ? demanda Charles.

— Faudra-t-il l'étendre par terre par un bon croc-en-jambe ? » ajouta Roland.

M. du Galadoc réfléchissait.

« C'est mon argent que je veux retrouver, dit-il ; l'arrêter, le mettre aux mains de la police ne serait pas le moyen de lui faire rendre gorge. Si nous pouvions le suivre sans nous faire reconnaître et le pincer dans un wagon ou dans une chambre d'auberge, cela vaudrait mieux. Je déciderai cela au moment du lancé. »

Tout étant ainsi arrêté, ils se rafraîchirent avec le vin dont Michelle avait eu la précaution de remplir leur gourde.

« Dormez un peu, père, dirent les jeunes gens, nous vous réveillerons.

— Je ne dors jamais à la poursuite du gibier, répondit M. du Galadoc, encore moins à la chasse de la grosse bête. »

A chaque station, ils avaient d'ailleurs à surveiller les gens qui descendaient. Enfin, à un arrêt, ils entendirent crier :

« Saint-Malo ! »

En un clin d'œil ils furent à terre. La gare était assez sombre, mais le train était court. M. du Galadoc, qui payait ses places, entendit tout à coup siffler. Il s'élança et rejoignit Charles, qui se cachait derrière une énorme paysanne.

« Il est là, » murmura-t-il.

Puis il emboîta le pas derrière la grosse femme. Ils suivirent et sortirent de la gare.

Charles, qui avait disparu, revint vers eux.

« Le monsieur à barbe blanche est monté dans l'omnibus de l'*Hôtel Franklin*, qui attend ses bagages, dit-il ; que faut-il faire, papa ?

— Monte sur le siège pour qu'il ne te reconnaisse pas. Roland et moi suivrons à pied, il compte peut-être descendre en chemin. »

Charles obéit et grimpa sur le siège, où il fut bientôt rejoint par le conducteur. La voiture s'ébranla et marcha au petit trot vers la ville, où scintillaient encore de rares lumières. M. du Galadoc et Roland s'avançaient derrière, et Roland avait soin de faire un temps de galop pour ne pas se laisser distancer.

Une fois sur le pavé, le conducteur, par un reste d'habitude, fit claquer son fouet et l'omnibus prit une allure impossible à suivre pour les piétons. Quand ceux-ci arrivèrent à l'hôtel, ils trouvèrent Charles qui les attendait.

« Père, le monsieur à barbe blanche est ici ; il a commandé un bouillon en anglais et il a fait inscrire sir Edward Burlington, de Londres.

— Sais-tu le numéro de sa chambre ?

— Non.

— Va le demander. »

Charles courut au bureau et demanda sir Edward Burlington.

« C'est un des voyageurs qui viennent d'arriver, dit la comptable, le nº 16, qui doit prendre le paquebot demain à six heures. Lui a-t-on porté le bouillon demandé ? »

Charles n'attendit pas la réponse ; il fit un signe à son père et montèrent tous trois le large escalier. Au premier ils s'arrêtèrent et consultèrent le chiffre des portes.

« Le nº 16 ? demandèrent-ils à un garçon qui passait.

— La porte au fond, » répondit-il.

Ils marchèrent de ce côté. M. du Galadoc donna tout bas ses ordres à ses fils et il frappa.

« Entrez, » dit une voix de l'intérieur.

Charles et Roland, sur un signe de leur

père, s'élancèrent vers le personnage assis auprès du feu et le tinrent cloué sur son fauteuil. M. du Galadoc ferma la porte à clef.

« C'est lui, dit-il, tenez bon; il y a un revolver sur la cheminée. »

Il s'avança, prit l'arme, et, se plaçant en face du monsieur à barbe blanche :

« Tu nous reconnais? dit-il d'une voix de tonnerre.

— Je ne connais pas vous. Que signifie cette agression? »

M. du Galadoc fit un pas, saisit la barbe blanche qui lui resta dans la main et le visage rasé du baron Emmanuel apparut.

« Mais nous, nous te connaissons, voleur, s'écria-t-il, et nous allons te livrer à la justice! »

Le baron se tordait en vain, les mains nerveuses de Charles et de Roland le clouaient au dossier de son fauteuil.

« Tu es un misérable, reprit M. du Galadoc, tu nous as volés, nous, tes amis, tes parents; tu t'es moqué de nous, nous allons prendre notre revanche.

— César, dit M. Bigouldan qui devinait tout mensonge inutile et toute défense impossible, que gagneras-tu à me jeter en prison, à me déshonorer?

— Te déshonorer! répéta M. du Galadoc, l'honneur et toi êtes bien étrangers l'un à l'autre. Mais ma famille, qui est presque la tienne? Et que tu as ruinée, ajouta-t-il cela. Déshonoré! tu l'es à jamais. Maintenant, il me faut mon argent, l'argent de mes enfants dont tu t'es lâchement, traîtreusement emparé.

— Qu'on me laisse libre! dit le baron en grinçant des dents.

— Mes enfants, tenez ferme, dit M. du Galadoc, ne le lâchez pas avant qu'il ait rendu gorge. Où est ton magot? »

Le baron jeta un coup d'œil machinal vers l'alcôve.

M. du Galadoc marcha de ce côté, souleva les rideaux et aperçut une valise de cuir placée contre l'oreiller.

Il la prit et la mit sur les genoux de M. Bigouldan, qui, de livide qu'il était, devenait écarlate.

« Ne lui donnez pas un coup de sang, dit M. du Galadoc; lâche un peu le bras droit, Roland, qu'il puisse prendre la clef. »

Roland obéit. Le baron prit une clef dans la poche de son gilet et la jeta aux pieds de son bourreau.

En ce moment, on frappa à la porte.

« C'est le bouillon, » murmura Charles.

En voyant le baron ouvrir la bouche, il ajouta :

« Si vous appelez ce garçon, nous faisons chercher la police. »

M. du Galadoc marcha vers la porte.

« Le bouillon pour sir Edward, dit une voix.

— Sir Edward n'est pas prêt; représentez-vous dans un quart d'heure, » dit M. du Galadoc, qui revint en disant : « Il faut qu'il boive le mien d'abord. »

Il ouvrit la valise.

« Dans le compartiment du milieu, » gémit le baron.

M. du Galadoc l'ouvrit, prit une liasse de billets de banque et compta.

« Voilà, dit-il, voilà mes cent mille francs. »

Il les fourra dans son large carnier de chasse. Et s'adressant à ses fils :

« Vous pouvez le lâcher, dit-il, ce revolver m'en répond. »

Le baron, délivré des deux étaux qui lui meurtrissaient les articulations, se leva, se secoua et se mit à marcher à pas précipités dans la chambre.

Tout à coup, s'arrêtant devant M. du Galadoc :

« Me dénonceras-tu? » demanda-t-il d'une voix étranglée.

M. du Galadoc le toisa avec mépris.

« Tu mérites le bagne, dit-il ; si je ne te livre pas, c'est à cause de ton nom, que tu as déshonoré et qui était un des plus anciens de Questernac. Je te livre à la Providence, qui tôt ou tard règle ce genre de comptes. Va te faire pendre ailleurs. »

Il jeta le revolver sur la table et sortit à reculons de la chambre, suivi par ses fils. Au bas de l'escalier, ils rencontrèrent un domestique, qui les regarda avec effarement.

« Vous pouvez servir le bouillon de sir Edward, dit M. du Galadoc avec un rire sonore; il en a besoin, mon garçon. »

Et il gagna la salle à manger, où ils soupèrent avec un appétit aiguisé par un jeûne prolongé. Ils demandèrent des chambres dans l'hôtel. Quand M. du Galadoc souhaita le bonsoir à ses fils, il leur dit :

« Voilà une campagne où la Providence a mis la main, mes enfants, et la bonne Michelle aussi; ne l'oubliez pas. »

M. du Galadoc avait reconquis son argent, c'était un grand point; mais il n'avait pu, hélas! reprendre les biens qu'il avait vendus, et il lui avait été signifié d'avoir à quitter le clos d'Ahault.

Du reste, le clan allait se disperser : Charles et Roland se présentaient ce jour-là même dans l'uniforme de leurs régiments respectifs; Colomban et Corentin entraient comme internes dans un collège voisin. Agathe, effrayée de s'en aller en cette saison au Galadoc, avait obtenu de rester chez Mme de Gourbin avec sa tante Elodie, et quand, vers le milieu du jour, Charles et Roland partirent, emmenant Colomban et Corentin vers leur nouvelle demeure, quand Agathe eut pris congé de son père et eut été emmenée par la vieille Joséphine, M. du Galadoc, jetant un regard désolé sur Bengale qui portait Goulven, s'écria douloureusement :

« Voilà ce qui reste du clan.

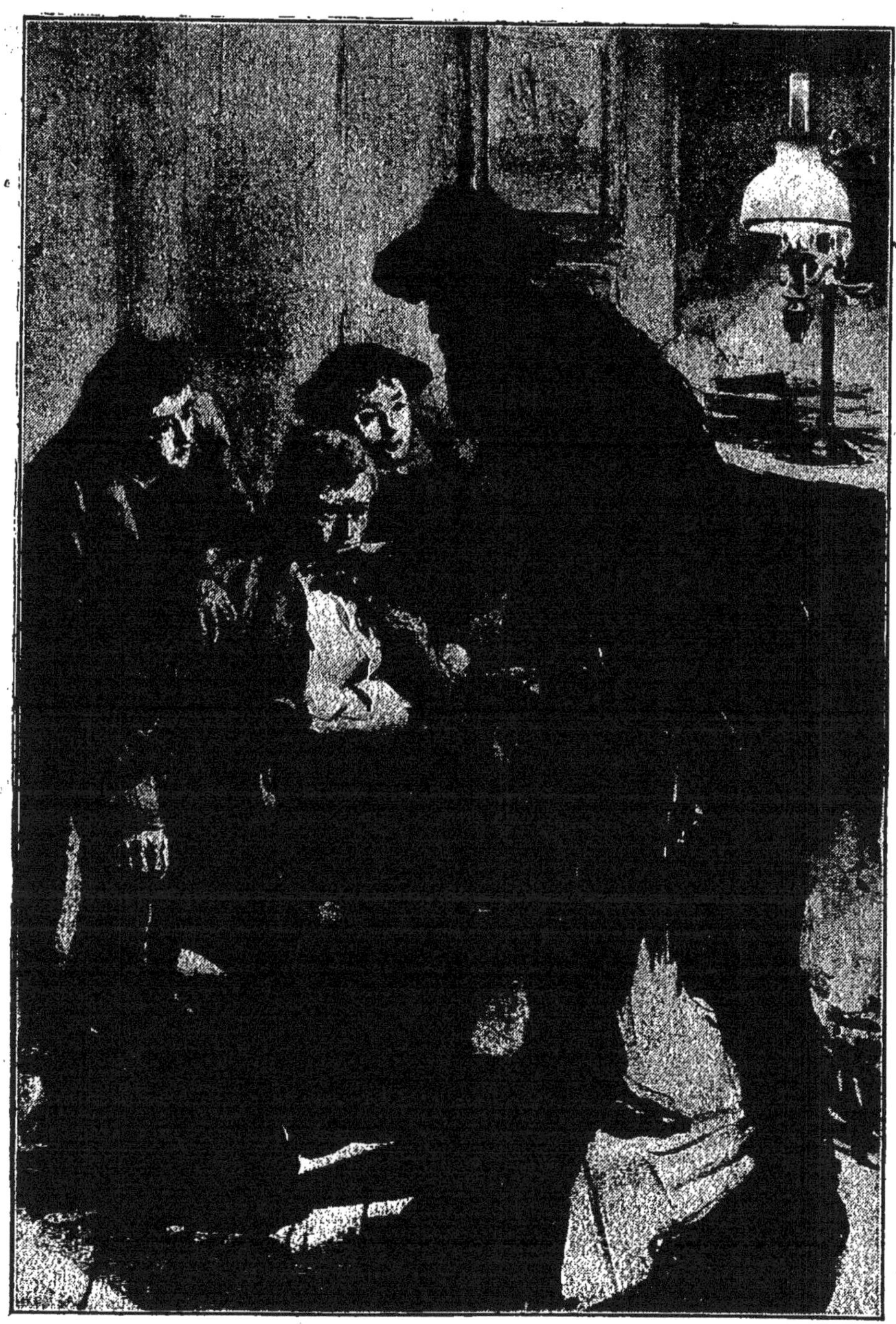

M. DU GALADOC SAISIT LA BARBE BLANCHE QUI LUI RESTA DANS LA MAIN

— Ce n'est point la plus mauvaise partie, Monsieur, répondit Michelle, qui avait le cœur gonflé par les adieux, mais qui trouvait encore la force de riposter... Si l'on ne quittait pas la maison, ce ne serait rien encore; mais voici des visites, ajouta-t-elle en portant son tablier à ses yeux : toute la ville est dans le chagrin de nous voir quitter le clos d'Ahault. »

Et elle se sauva par une porte, tandis que les demoiselles Bigouldan entraient par l'autre. La bonne Angélique voulait dire un dernier adieu à ses amis, y compris Goulven,

« SIR EDWARD N'EST PAS PRÊT. REVENEZ DANS UN QUART D'HEURE », DIT M. DU GALADOC AU GARÇON.

et Mlle Julie suivait Mlle Angélique, qui avait pris enfin dans la vieille maison de la rue aux Pignons la place qui lui était due.

« Cette maison paraît bien grande maintenant, Monsieur, dit Mlle Angélique; cela doit vous consoler un peu de la quitter?

— Celle où je vais n'est guère plus petite, Mademoiselle, répondit-il, et c'était celle-ci que les enfants aimaient. C'est ici où a vécu celle que nous pleurons.

— Vous l'avez bien vendue, dit-on, hasarda Mlle Julie.

— Qu'importe, Mademoiselle ? il y a des choses sans prix. Mais ce misérable Emmanuel nous avait ensorcelés. »

Le visage de Mlle Julie devint couleur citron et Mlle Angélique se hâta de changer le sujet de conversation, en appelant Goulven à son aide.

Mais il n'était pas prudent de laisser longtemps M. du Galadoc et Mlle Julie en présence, de sorte qu'elle se hâta de lever le siège à l'entrée des habitants de la villa Maurice.

« Mon cher ami, nous avons reçu la visite de vos quatre fils dit M. Boisglesquen, et nous avons voulu vous faire notre visite de condoléance.

— En perdre quatre à la fois, c'est beaucoup, ajouta Mme Boisglesquen.

— Madame, ils ne jetteront plus de noix dans votre jardin, dit M. du Galadoc en soupirant, ils ne tueront plus vos pigeons à coups de fusil.

— Eh bien, mon cher Monsieur, vous le dirai-je, voilà deux jours que je trouve la partie de mon parc qui confine à votre jardin trop tranquille, il me semble que j'habite un désert.

— Il le serait désormais, Madame, même si je ne quittais pas le clos d'Ahault. »

Il tendit la main vers Bengale, qui bouclait les cheveux de Goulven, et ajouta :

« Voilà ce qui reste du clan.

— Plus votre fille aînée.

— Non, Madame, ma fille aînée n'a pas voulu enterrer sa jeunesse au Galadoc, et elle a préféré aller vivre chez Mme de Gourbin avec sa tante Elodie, cette année au moins. »

M. et Mme Boisglesquen échangèrent un regard désappointé.

« Et vous avez consenti à cela? dit l'élégante petite dame.

— Moi! je laisse mes enfants libres d'agir à leur guise.

— C'est que... Maurice aurait dû vous parler de nos intentions avant aujourd'hui, c'est qu'il nous semblait que la place de votre fille aînée était près de vous. Elle a fini ses études, tandis que Bengale...

— Bengale? répéta M. du Galadoc machinalement.

— Bengale n'a pas treize ans, mon cher Monsieur; l'instruction de Bengale n'est pas achevée, que dis-je? elle est à peine commencée.

— C'est vrai; mais bah! elle a Goulven qui l'occupe plus que toutes ses études.

— Vous ne parlez pas sérieusement, Monsieur; je m'étonne que vous n'ayez pas pensé que c'était Bengale qui ne devait pas aller s'enterrer au Galadoc à cause de son instruction si négligée.

— Il faudrait donc la mettre en pension, Madame? Je n'en ai ni l'envie ni le moyen.

— Mais si l'on vous proposait un moyen de l'instruire sans bourse délier, si quelqu'un, si moi je m'en chargeais?

— Vous, Madame?

— Moi; elle ne serait pas mal à la villa Maurice, et je vous la donnerais pendant les vacances au Galadoc.

— Vous êtes bonne, vous êtes bien bonne. »

Il se détourna vers sa fille, qui écoutait paisiblement cette conversation.

« Bengale, as-tu entendu ce que propose Mme Boisglesquen?

— Oui, papa.

— Eh bien, veux-tu cela, ma fille? Le clan se disperse, tu le vois bien. Si tu veux aller à la villa Maurice, tu es bien libre, je te l'assure. »

Et il ajouta avec un sourire amer :

« Si quelque âme charitable voulait bien me débarrasser maintenant de Goulven, je laisserais faire encore plus volontiers. »

Bengale avait déposé Goulven sur un fauteuil. Elle s'approcha de son père, et appuyant sa tête blonde sur sa tête grise :

« Moi, je ne veux pas vous quitter, papa, dit-elle.

— C'est comme cela que vous nous aimez, Bengale? dit Mme Boisglesquen d'un ton de reproche.

— Madame, je vous aime beaucoup, je vous trouve bonne; mais mon cher papa n'a plus que moi, Goulven ne parle pas encore, je ne quitterai jamais mon cher papa, jamais. »

Et elle noua ses deux bras autour du cou de son père.

« Maurice, faisons notre deuil de la petite compagne que nous avions rêvée, dit Mme Boisglesquen en se levant; c'est la seule enfant dont j'ai jamais désiré la société. Adieu, petite ingrate; ne nous oubliez pas, quand même. »

Elle embrassa chaleureusement Bengale et entraîna son mari qui disait :

« Vous savez, mon cher César, si jamais vous avez besoin de nous...

— Maurice, Maurice, vous allez vous faire emprunter de l'argent murmura-t-elle dans le vestibule. C'était Bengale que nous voulions, on nous la refuse; allons-nous-en. »

En traversant la cour, ils rencontrèrent la voiture qui allait emmener à la ville voisine ce qui restait des Galadoc.

« Attendons, Valérie, attendons, dit M. Boisglesquen; qu'au moins ils aperçoivent des visages amis quand ils quitteront cette maison.

— Mon Dieu, Maurice, vous devenez bien sentimental! répondit-elle; dites que vous voulez apercevoir le visage rose de Bengale une dernière fois. »

Ils demeurèrent en dehors près de la barrière, jusqu'au moment où la voiture revint sur ses pas.

Bengale, toute sérieuse, était assise près de son père ; Michelle, juchée auprès du cocher, portait sur ses genoux Goulven bien emmitouflé. En passant près de M. et Mme M. du Boisglesquen, Bengale envoya un baiser. M. du Galadoc, soulevant son chapeau, s'écria :

« Adieu, adieu. C'est la fin; il n'y a plus de clan.

— Parce qu'on a eu la tête trop chaude, murmura Mme Boisglesquen. Ce pauvre clan! Maurice, le croirez-vous? Je le regrette. »

TABLE DES MATIÈRES

224-8-27. — Imprimerie HACHETTE, 9, rue Stanislas. — Paris. P.

BIBLIOTHÈQUE VERTE

About (E.) : *Le Roi des Montagnes.*

Agraives (J. d') : *Le Maître du Simoun.* — *La Cité des Sables.*

Armagnac (Mlle d') : *Un Drame à la Cour d'Orthez.*

Assollant (A.) : *Pendragon.*

Balzac : *Eugénie Grandet.*

Claretie (J.) : *Récits héroïques.*

Crévelier (J.) : *Le Mouchoir du Capitaine Villeneuve.* — *Les Trois Fiancées de Nicolas.*

Daudet (A.) : *Contes choisis.*

Des Gachons (J.) : *L'Ile au poison.*

Dumas (A.) : *Le Capitaine Pamphile.*

Erckmann-Chatrian : *Contes choisis.* — *Madame Thérèse.*

Girardin (J.) : *La Disparition du Grand Krause.* — *Nous autres.*

Labiche (E.) : *La Cagnotte.* — *La Grammaire.* — *L'Affaire de la rue de Lourcine.*

Laurie (A.) : *Le Capitaine Trafalgar.*

Lorédan-Larchey : *Les Cahiers du Capitaine Coignet.*

Maël (P.) : *Le Trésor de Madeleine.* — *La Marmotte.* — *Un Mousse de Surcouf.*

Mayne-Reid : *Les Robinsons de Terre ferme.*

Mérimée (P.) : *Les faux Démétrius.*

Nahuque (J. de) : *Sur la terre d'Afrique.*

Scott (Walter) : *Ivanhoé.*

Sevestre (N.) : *Boule de Neige.*

Stahl (P.-J.) : *Histoire d'un Ane et de deux Jeunes Filles.* — *Les quatre Filles du Dr Marsch.* — *Maroussia.*

Stevenson : *L'Ile au Trésor.*

Thébault : *Les Robinsons de la Somme.*

Toudouze (G.) : *Reine en Sabots.* — *Le Mystère de la Chauve-Souris.* — *La Sorcière du Vésuve.*

Verne (J.) : *Un Drame en Livonie.* — *Voyage au Centre de la Terre.* — *La Chasse au Météore.* — *Le Chancellor.* — *Martin Paz.*

Vincent (Paul) : *Les Suites d'un Pari.*

Webster (J.) : *Papa Faucheux.*

Wiggin (K.-D.) : *Les Locataires de la Maison jaune.*

BIBLIOTHÈQUE DE LA JEUNESSE

Achaume (A.) et **Dubois** (M.) : *Jean-Paul Choppart.*

Agraives (Jean d') : *Le Petit Robinson.*

Allorge : *Ciel contre Terre.*

Assollant (A.) : *Montluc-le-Rouge.*

Bombonnel : *Bombonnel, le Tueur de Panthères.*

Borius (Julie) : *La Petite Cosaque.*
— *L'Héritier du cousin Baldineen.*

Cahun : *La Bannière bleue.*
— *Aventures du Capitaine Magon.*

Chabrier-Rieder (Mme) : *Fils de Veuve.*

Chatellus (A. de) : *La Sœur de Gribouille.*

Chéron de la Bruyère : *Nora.*

Cim (A.) : *Amis d'enfance.*

Colomb (Mme) : *Jean l'Innocent.*

Fleuriot (Z.) : *Grandcœur.*
Le clan des têtes chaudes.
— *Monsieur Nostradamus.*

Genestoux (Magdeleine du) : *Jean-Louis-le-Têtu.*
— *Le Trésor de M. Toupie.*
— *Les Millions de Philippe.*
— *Une folle Équipée.*

Géniaux (Ch.) : *Un Corsaire de Treize ans.*

Girardin (J.) : *Le Capitaine Bassinoire.*

Gorsse (H. de) : *Cinq Semaines en Aéroplane.*

Gorsse (H. de) et **Guitet-Vauquelin** (P.) : *Le petit héros du Bled.*

Jacquin (J.) et **Fabre** (A.) : *Les Petits Naufragés du Titanic.*
— *Le Chien de Serloc Kolmès.*

Jeanne (H.) : *Maman bleue.*

Jeanroy (Th.) : *L'Enfant des Fées.*

Laumann et **Bigot** : *L'Étrange Matière.*

Laumann et **Lanos** : *L'Aéro-Bagne 32.*

Le Mouël : *Dibidoub l'Ambitieux.*
— *Une Pension en Aérobus.*

Maël (Pierre) : *Le Forban noir.*
— *La Fille de l'Aiguilleur.*

Malot (Hector) : *Romain Kalbris.*

Mariel (P.) : *Le Filleul de l'Éléphant.*

Mouton (E.) : *Vie et Aventures de Marius Cougourdon.*

Nahmias (R.) : *Roman d'un Perroquet.*

Nanteuil (Mme de) : *Capitaine.*

Pitray (Paul de) : *L'Auberge de l'Ange-Gardien,* pièce.

Renaud (J.-Joseph) : *Un mystérieux Message.*

Sevestre (N.) : *La Main rouge.*
Tour du Monde en Quatorze Jours.

Toudouze (G.) : *Le Petit Roi d'Ys.*
La Fille du Proscrit.
— *Pierrette la Téméraire.*

Urgel (Ivan d') : *Le Caillou rouge.*

Valdor (P.) : *Cœur vaillant.*

Vernou (P.) : *Les Pirates de l'Air.*
Aventures de deux Scouts alsaciens.

Vincent (P.) : *Toujours à l'Affût.*
— *Le Fantôme vert.*

Vix (Pierre) : *Le Secret de la Mine.*

IMP. HENRY MAILLET, PARIS.

www.ingramcontent.com/pod-product-compliance
Ingram Content Group UK Ltd.
Pitfield, Milton Keynes, MK11 3LW, UK
UKHW021554260726
13993UKWH00002B/833